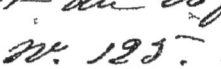

# LE COEUR

# DU POÈTE.

POÉSIES DIVERSES

## DE M. LAFONT DE MONTFERRIER.

Aimer prier, chanter, voila toute ma vie
Lamartine

LA ROCHELLE,

IMPRIMERIE DE G. MARESCHAL, RUE DE L'LSCALE.

1842

# LE COEUR DU POÈTE.

TYPOGRAPHIE DE G MARESCHAL

# LE COEUR

## DU POÈTE.

### POÉSIES DIVERSES

### DE M. LAFONT DE MONTFERRIER.

Aimer, prier, chanter, voila toute ma vie
LAMARTINE

LA ROCHELLE ,

IMPRIMERIE DE G. MARESCHAL , RUE DE L'ESCALE , 20.

1841

TYPOGRAPHIE DE G. MARESCHAL

# LE COEUR

## DU POÈTE.

### POÉSIES DIVERSES

### DE M. LAFONT DE MONTFERRIER.

Aimer, prier, chanter, voila toute ma vie
LAMARTINE

LA ROCHELLE,

IMPRIMERIE DE G. MARESCHAL, RUE DE L'ESCALE, 20.

1841

# UN MOT AU LECTEUR.

Ce recueil de poésies appartient à trois époques distinctes. Dans la première, la mythologie vivait encore, mêlée avec les allégories métaphysiques de l'école voltairienne. Dans la seconde, elle agonisait ; les Dieux et les Déesses s'en allaient pour faire place aux farfadets, aux spectres, aux vampires, aux démons cornus, et les rêveries de la lune succédaient à la poésie du soleil vieilli.

Dès la troisième époque, la mythologie est morte ; on a renversé les autels d'Homère et de Virgile ; Racine et Boileau sont appelés *perruques* ; veuf de ses antiques beautés le classique se réfugie dans le *positif,* qui traduit la pensée en chiffres ou en matière, et le *romantique,* après avoir tout envahi, va s'asseoir parmi les *Quarante.*

Mon petit livre a plus ou moins subi l'influence de ces trois ères, et il sera facile de reconnaître au style, l'époque où a pris naissance chacun des opuscules qu'il contient.

Ne me demandez pas toutefois si je suis classique ou romantique ; la question serait oiseuse : je n'ai fait que des bluettes, et je passerai probablement inaperçu entre les hommes des deux camps, qui se battent en vain, les uns pour reconquérir une royauté perdue, les autres pour en fonder une nouvelle, et qui feraient bien mieux de s'unir afin de conserver ce qui peut rester encore de vie à la littérature française; littérature autrefois souveraine du monde, aujourd'hui reine sans diadème et sans nom, et traînée dans la bouc, de théâtre en théâtre, avec les débris de son trône renversé.

# ÉPITRE DÉDICATOIRE.

—

# 𝔄 𝔗𝔬𝔦.

O TOI qui m'apparais comme un chaste mystère
Que ne doit point souiller un profane regard ;
Ah ' que ne sommes nous arrivés sur la terre,
Ou TOI vingt ans plus tôt, oú moi vingt ans plus tard '

Si je t'avais trouvée en entrant dans la vie ,
De TOI seule ma muse aurait subi la loi ,
Dans TOI seule puisant toute sa poésie,
    Elle n'aurait chanté que TOI

Miroir vivant des cieux, aussi pur que fidèle,
　　　Qu'aucun souffle humain n'a terni,
Tu m'aurais présenté, pour servir de modèle,
Ce beau, vierge et divin, reflet de l'infini.

Quand de mon cœur les vers montaient comme la flamme,
　　　Je te sentais germer en moi,
Et je rêvais déjà dans le fond de mon âme,
　　　La femme faite comme TOI.

Ah ! c'est donc bien à TOI qu'appartenait ce livre ;
Je te rends ces parfuns ravis sur ton autel ;
En s'élevant vers TOI, ma muse se délivre
　　　De ce qu'elle avait de mortel.

# Chants Sacrés.

## HYMNE A LA VIERGE.

—

### I.

Reine de l'univers , sainte vierge Marie ,
    Que ton règne est doux et puissant !
    Heureux le pécheur qui ressent
    La grâce dont Dieu t'a nourrie ;
    Heureux le poète innocent
    Qui t'aime , te chante et te prie !

## II.

Du soleil de l'éternité
Ton regard est une étincelle ;
Reflet de la divinité ,
Ton doux sourire la révele.

Dans le jour qui brille sans fin ,
S'unissant au nom de Dieu même ,
A la harpe du Séraphin
Ton nom prête un charme suprême.

Mais si Gabriel le redit ,
La rose à ton front vient éclore ,
Et le ciel même s'embellit
De la pudeur qui te colore.

## III.

Quand l'Esprit-saint t'appelle épouse, amie et sœur.
Quand des noms les plus doux Dieu lui-même te nomme,
Vierge , Reine des cieux , mère du Créateur ,
Tu te souviens pourtant que tu naquis de l'homme

De la terre et du ciel admirable lien ,
De l'homme au créateur tu combles la distance ;
Par toi nous arrivons aux sources de tout bien ,
Sans toi, de toutes parts, nous presse l'indigence.

De tes heureux bienfaits notre globe est couvert ,
Ton culte a visité l'un et l'autre hémisphère ,
Semé les dons du ciel à travers le désert ,
Consacré tous les lieux que le soleil éclaire.


### IV.

Rien n'arrête dans son chemin
La grâce qui de toi ruisselle ,
Et qui verse une âme nouvelle
Au sein flétri du genre humain.


### V.

D'un jour calme et serein infaillible présage ,
Douce étoile des mers , tu sauves du naufrage
Le cœur docile et pur qui vogue à la clarté ;
Malgré le vent qui souffle et la foudre qui gronde ,
A travers les écueils dont est semé le monde ,
Il arrive au port souhaité.


Et quand il est au bout de sa course éphémère ,
Quand, brisant le lien qui l'attache à la terre ,
L'âme reprend son vol vers un monde nouveau ;
C'est par toi qu'elle échappe aux misères humaines ,
Vierge ! de son exil c'est toi qui la ramènes
Aux cieux qui furent son berceau.

Beauté de tous les temps , beauté toujours la même ,
Sœur des beautés de Dieu ! tout t'aspire et tout t'aime ,
Tout , hors le malheureux qui rugit aux enfers ;
Car rien ne peut guérir la blessure immortelle
Que ton pied virginal fit à l'ange rebelle ,
 Quand tu lui ravis l'univers.


Sur des aîles de feu , de toutes parts s'élance
 Vers ton trône un hymne d'amour.
Ma faible voix se perd dans ce concert immense ;
 Mais elle est à toi sans retour.


Jeune je te chantais , vieux je te chante encore ,
 Vierge , charme de mes ennuis !
Ma voix , pour te bénir , prête une âme à l'aurore ,
 Une âme aux jours , une âme aux nuits


Un jour , m'enveloppant de son profond mystère ,
 La mort viendra fermer mes yeux ,
Mais si mon hymne alors s'interrompt sur la terre ,
 J'irai te répéter aux cieux :

Reine de l'univers , sainte vierge Marie ,
 Que ton règne est doux et puissant !
 Heureux le pécheur qui ressent
 La grâce dont Dieu t'a nourrie ;
 Heureux le poète innocent
 Qui t'aime , te chante et te prie !

# HYMNE

SUR LA NAISSANCE DE JÉSUS-CHRIST.

—

Sors de ta longue léthargie ,
Terre d'Adam réveille-toi ;
Il arrive enfin ce Messie ,
Ton libérateur et ton Roi.
Sur ton sein l'Éternel va naître ;
Le monde et le temps sont à lui ;
Mais celui dont tout reçoit l'être ,
Veut recevoir l'être aujourd'hui.

Minuit sonne ! heure désirée !
Quel spectacle charme mes yeux !
Je vois de la voûte azurée
S'ouvrir le centre lumineux.
Dieu se révèle à l'étendue ,
Chaque élément le reconnaît ,
Et , dans sa marche , suspendue
La nature adore et se tait.

Les neuf chœurs du céleste empire
Se répandent dans l'univers ,

Et les Séraphins , sur la lyre ,
Soupirent d'amoureux concerts
L'enfer qui pressent sa ruine
Écoute et s'ébranle d'horreur ,
Et le dragon qui le domine
Répond par des cris de fureur

Cris impuissans !... l'ère de grâce ,
Enfin pour l'homme a commencé
Regarde !... il rit de ta menace .
Monstre impur ! ton règne est passé
Une femme , une Ève nouvelle ,
T'accablant d'un pied virginal ,
Écrase enfin ton front rebelle ,
Et brise ton sceptre infernal.

O doux , ô sublime mystère !
Un Dieu revêt l'humanité ,
Le ciel se marie à la terre ,
Et le temps à l'éternité !...
Ce Dieu vient pour briser ta chaîne ,
Pécheur , n'en sois point alarmé
L'amour , qui des cieux te l'amène ,
De sa foudre l'a désarmé

Bethléem , ville fortunée !
Berceau de la Divinité !

*Emmanuel* t'a couronnée
De sa gloire et de sa beauté.
J'ai vu disparaître sous l'herbe
Babylone et ses murs fameux,
Mais toi, comme un cèdre superbe,
Tu portes ton front dans les cieux.

Sous les nuages de l'enfance,
Jésus, dans ton humble réduit,
Tu montres ta divine essence
A celui que la foi conduit :
Arrivant sur les pas des anges,
A ton berceau mystérieux,
Il découvre à travers tes langes
Le Roi de la terre et des cieux

Tu grandis !... tout sent, tout adore
Et ta puissance et ta bonté
Que de miracles vont éclore
Du sein de ta Divinité !
A ta voix la lèpre est guérie,
L'aveugle voit, le sourd entend ;
Les morts renaissent à la vie...
La tombe même te les rend.

Mais que vois-je ! ô douleur ! ô crime !
Quel trône pour le Roi des Rois !

Innocente et douce victime,
Il expire sur une croix !...
Soleil, couvre-toi de ténèbres !
Gémis, nature, et prends le deuil... .
Disparaissez, voiles funèbres !
Il sort triomphant du cercueil.

Des ruisseaux de son sang fertile,
Je vois naître un monde nouveau ;
Cent peuples, sur leur front docile,
Du Christ ont imprimé le sceau.
Partout, ô vérité céleste !
Pénètre ton regard vainqueur,
Et dans l'univers, il ne reste
Aucun asile pour l'erreur.

Rome, qui sous son joug terrible
Voyait trembler le monde entier,
Rome cesse d'être invincible ;
Elle a courbé son front altier.
Ce colosse énorme chancelle ;
Dans ses grands bras le Temps l'a pris,
Il tombe !... une Rome nouvelle
S'élève et croît sur ses débris.

Ces Dieux, du délire des hommes
Coupable et honteux monument,

Faibles, ridicules fantômes,
Rentrent dans la nuit du néant.
J'ai vu tomber leur dernier Temple,
Et sur le rocher Tarpéien
Déjà mon œil charmé contemple
L'église et la croix du chrétien.

# LA PASSION.

—

**Épitre à M. D. R., Prédicateur du Carême, le soir du
Vendredi-Saint.**

Chrysostome français, ardent missionnaire,
　Je t'ai suivi, ce matin, pas à pas,
Au torrent de Cédron, à Solyme, au Calvaire.
J'ai frissonné d'horreur au baiser de Judas;
Je me suis alarmé de la chute de Pierre;
Mais son vrai repentir bientôt m'a rassuré

J'ai vu la verge meurtrière
Qui déchirait un corps des anges adoré ;
J'ai vu le sang du Christ ruisseler sur la terre ;
J'ai vu ses mains , j'ai vu ses pieds percés de clous ;
De l'infernal marteau j'entends encor les coups !....
        J'ai vu la sublime agonie
Du fils de l'Éternel , de l'auteur de la vie ,
Expirant , mais en Dieu qui commande à la mort !. ..
A ce tableau ma vue est encore attachée ;
        Je crois apercevoir encor
Ces yeux fermés , cette tête penchée ,
Et ce dernier soupir tout près de s'exhaler......
Prêtre , tu m'as vaincu ; je t'ai rendu les armes ,
Et je suis à tes pieds , tout inondé des larmes
        Que ta voix sainte a fait couler.

# LA RÉSURRECTION DU CHRIST.

—

## CANTIQUE.

Dans les nuages du suaire ,
Sanglant s'était couché le soleil d'Israël ;
L'affreuse nuit couvrait la terre ,
Et le monde pleurait la mort de l'Éternel.

Au jour la nuit fait place , et Dieu brise les armes
Dont la mort l'a frappé; le Christ est immortel [1]
Dieu nous fait grâce ; plus d'alarmes .
Nous avons retrouvé le ciel. *( bis. )*

Trois jours le juif fit sentinelle
Sur la tombe où dormait notre Rédemption.
Vains efforts du peuple rebelle ;
Vous n'étoufferez pas la Résurrection.

Au jour , etc.

En vain ils ont scellé la pierre :
Un bras qu'on ne voit point la déplace à leurs yeux ;
Et resplendissant de lumière
Le Christ sort du tombeau pour remonter aux cieux
Au jour , etc.

Terre et cieux , célébrez sa gloire ;
Que son nom soit béni par tous les élémens !
  Il vient de gagner la victoire
Que le monde appelait depuis quatre mille ans.

Au jour , etc.


  Pécheurs dont l'âme au mal s'obstine
Et traîne avec orgueil sa misère en tout lieu ;
  Frappez , brisez votre poitrine :
Jésus , votre victime , ÉTAIT LE FILS DE DIEU.

Au jour , etc.


  Ouvrez les yeux à la lumière ;
Par la grâce céleste , ah ! laissez-vous toucher ,
  De vos tombeaux levez la pierre :
Que l'eau du repentir sorte enfin du rocher !

Au jour , etc.


  De ce pain de l'Eucharistie
Dont viennent se nourrir les élus du Thabor ,
  De ce pain qui nous rend la vie ,
Infortunés ! pourquoi vous privez-vous encor ?

Au jour , etc.


  Venez , mes amis ! venez vîte ,
Venez vous ranimer au festin de l'agneau :

Quand avec Dieu tout ressuscite ,
Pourquoi resteriez-vous seuls dans votre tombeau ?

Au jour la nuit fait place , et Dieu brise les armes
Dont la mort l'a frappé ; le Christ est immortel.
Dieu nous fait grâce ; plus d'alarmes :
Nous avons retrouvé le ciel. *(bis.)*

# LA BÉNÉDICTION DU SAINT-SACREMENT.

—

### CANTIQUE.

A genoux , mortels , à genoux !
Le Roi du ciel et de la terre ,
Sous les nuages du mystère ,
Apparaît au milieu de nous.
L'éternel auteur de la vie ,
L'Homme-Dieu, Rédempteur de tous ,
Le voilà dans la sainte Hostie ,
A genoux , mortels , à genoux !

Le voilà , pécheurs , le voilà !
Le Christ né d'une Vierge mère ,
Qui voulut mourir au Calvaire
Où pour nous l'amour l'immola.
Pour nous, du couchant à l'aurore ,
Sur l'autel comme au *Golgotha ,*
L'amour, l'amour l'immole encore ,
Le voïlà, pécheurs, le voilà !

Nous sommes couverts de son sang;
Pécheurs , il est notre victime ;
De sa mort fruit de notre crime ,
Aucun de nous n'est innocent.
Calme, ô Dieu! ton courroux qui tonne!
Grâce à ce peuple gémissant!
Regarde! ton fils nous pardonne ;
Ton fils nous couvre de son sang !

# LA COMMUNION.

—

Victime
Sublime !
Océan de grâce et d'amour ;
Hostie,
Ma vie,
Sois à moi sans retour ! *(bis.)*

Entendez-vous l'époux qui vous appelle,
Mettez l'anneau qui vous lie à Jésus ;
Revêtez-vous de la robe nouvelle,
Venez, venez, Vierges, ne tardez plus.
Venez au sein de l'époux qui vous aime,
Puiser des biens inconnus ici-bas,
Dans le banquet préparé par Dieu même,
Goûtez ces mets que la terre n'a pas.

Victime, etc.

Il fit de rien et le ciel et la terre,
L'immensité ne peut le contenir ;
Et cependant, comme ami, comme frère,
Il vient à nous, à nous il veut s'unir ;

S'il vient à nous sans sceptre et sans couronne ;
Il n'est pas moins le roi de notre cœur ;
Que le péché jamais ne l'y détrône ,
Et que toujours il y règne en vainqueur !

Victime , etc.

Il est à nous le Dieu qui nous conserve ,
Il est à nous le Dieu qui nous créa ;
Il est à nous , sans bornes , sans réserve ,
Et désormais rien ne nous l'ôtera.
Anges et saints qui , vivant de sa vie ,
Au ciel toujours vous mêlez avec lui ;
Notre bonheur maintenant vous défie ,
Le ciel et Dieu sont en nous aujourd'hui.

Victime
Sublime !
Océan de grâce et d'amour ;
Hostie ,
Ma vie ,
Sois à moi sans retour ! *(bis.)*

# LE JUGEMENT DERNIER ,

ODE IMITÉE DU *Dies iræ , dies illa.*

—

Le dernier jour se lève , embrâsé par la foudre
L'univers se dissout , tout rentre dans la poudre ;
   Tremblez , pécheurs ! tremblez !...
Tremblez , d'Emmanuel l'étendard se déploie ;
Le lion de Juda vient dévorer sa proie ;
   Les temps sont écoulés.

Pour les humains enfin l'éternité commence ,
Et Dieu va les peser dans sa juste balance.
   Qu'entends-je ? affreux signal !
Du sein de leurs tombeaux la trompette les chasse ;
Les pousse par milliers , les presse , les entasse
   Aux pieds du tribunal.

Quel souffle a ranimé toute la créature ?
L'homme est ressuscité !... la mort et la nature
   Sont dans l'étonnement.
Dans ces terribles mains qui lancent le tonnerre ,
Déjà s'ouvre ce livre où les fils de la terre
   Lisent leur jugement.

Il n'est point de secrets que ce juge ne sonde ;
Devant son trône auguste , à nu paraît le monde ;
Tout est manifesté.
Pour cacher l'imposteur la nuit n'a plus de voiles,
Et du fond des enfers au-dessus des étoiles ,
Règne la vérité.

Aujourd'hui Dieu se venge ; aujourd'hui tout s'expie.
Que dire ? qui prier ? par quelle voix amie
Serai-je défendu ?
Qui me garantira du courroux de ce juge ,
Quand le juste alarmé trouve à peine un refuge
Au sein de sa vertu !

Océan de tendresse , abîme de clémence !
En sauvant tes élus , ta grâce récompense
Ce qu'ils tiennent de toi.
Grand Dieu , délivre-moi de ta propre colère ;
Quand tu vas me juger , sois encore mon père !
Sauve-moi ! sauve-moi !

Jaloux de retrouver cette brebis perdue
Qui fuyait à travers une terre inconnue ,
Toujours sourde à ta voix ;
Tu courus la chercher du midi jusqu'à l'Ourse,
Et pour te délasser d'une si longue course
Tu t'assis sur la croix.

N'en perds point la mémoire, ô Sauveur adorable !
Oui, pour reconquérir cette âme misérable ,
                    Des cieux tu descendis.
Tu t'offris à la mort pour me rendre la vie ;
De tant de sang versé, Jésus ! je t'en supplie ,
                    N'annulle pas le prix !


Avant ce jour vengeur que ta gloire réclame ,
O mon juge ! ô mon Roi ! des dettes de mon âme
                    Daigne me délier !
Alors à ta justice exacte autant que prompte ,
Des talens qu'il te doit chaque homme rendra compte
                    Jusqu'au dernier denier.


Je gémis sous le joug dont m'accable le crime :
Il a rougi mon front ; Dieu bon , Dieu magnanime !
                    Tire-moi de mes fers.
La pécheresse pleure , et ton bras la délie ;
Un scélérat en croix se repent et te prie ;
                    Les cieux lui sont ouverts.


A mon tour , doux Jésus ! tu permets que j'espère
Le parfum corrompu de ma vaine prière
                    N'est pas digne de toi ;
Mais ta bonté supplée à l'humaine indigence ;
De ces feux éternels que nourrit ta vengeance ,
                    Mon Dieu , délivre-moi.

Au jour qui pour jamais fixe les destinées,
Sépare-moi, mon Dieu, des âmes condamnées
        Qui ne te verront plus !
Sauve-moi de l'enfer qui devient leur partage ;
Et que ta voix m'appelle au céleste héritage
        Créé pour tes élus !

Vois mes pleurs, vois mon front incliné vers la terre ;
Vois mon cœur tout brisé du poids de sa misère ;
        Prends pitié de ma fin ! ..
O déplorable jour ! où du sein de la cendre
Le genre humain tremblant renaîtra pour apprendre
        Son éternel destin !

Dérobe ce pécheur aux traits de ta justice ;
Tu veux qu'il se repente et non pas qu'il périsse ;
        Seigneur, il se repent ;
Grâce, grâce pour lui ! grâce aussi pour ces âmes
Que ton amour jaloux purge au milieu des flammes,
        Et que le ciel attend.

# Fleurs de mon Printemps.

## ODE A CHATEAUBRIAND.

—

Chateaubriand , la noire envie ,
Contre ton nom , depuis trente ans ,
Trente ans d'une immortelle vie ,
Fait siffler ses sanglans serpens.
Ainsi , victimes de la haine ,
Les Socrate , les Callisthène ,

De l'erreur sublimes fléaux ,
Pour prix d'avoir instruit les hommes ,
Pervers... moins qu'au siècle où nous sommes
Eurent des hommes pour bourreaux


Ton sort est beau : l'âme affaiblie ,
Sans feu dans la prospérité ,
Pour jouir de toute sa vie
A besoin de l'adversité.
Entrant tout entier dans la bière ,
De son inutile poussière
Tel eût suivi le triste sort ,
Qui , s'illustrant dans les orages ,
A vu son nom passer les âges ,
Vainqueur du temps et de la mort.


Dans un siècle d'erreurs avide ,
La vérité vit dans le deuil ;
Le champ des lettres est aride ,
Et la science est un écueil.
Être un grand homme est un grand crime ,
L'ignorance usurpe l'estime ;
Le génie est persécuté.
Ainsi l'éclat de la lumière ,
Du hibou blesse la paupière ,
Et la nuit proscrit la clarté.

Mais contre un roc inébranlable ,
Que peut une vague en fureur ?
Le génie est invulnérable ;
Il est au-dessus du malheur.
Chateaubriand , que peux-tu craindre?
Le méchant ne saurait t'atteindre ;
L'envie est rampante à tes pieds ;
Vomi par sa bouche cruelle ,
Le venin , retombant sur elle ,
Couvre ses traits humiliés.


O Dieux ! que l'envie est stupide
Si sa fureur ne comprend pas
Que le fiel de son cœur perfide
Sauve le sage du trépas !
Apprends , infernale déesse !
Qu'en calomniant la sagesse
Tu forges sa célébrité ;
Que ta haine lui rend hommage ,
Et que le souffle de ta rage
La pousse à l'immortalité.


Disparais , préjugé vulgaire !
Qui veux qu'esclave de nos sens
Notre âme soit sur cette terre
Le jouet des événemens :

De soi si l'homme est toujours maître ,
Ce qui ne change point son être ,
Ne peut être ni mal , ni bien.
Haines , trahisons , impostures ,
Exils , prisons , chaînes , tortures ,
Le sage vous compte pour rien

Quel tableau ! quel spectacle auguste
Le sage montre au genre humain !
Heureux , libre autant qu'il est juste ,
Et libre en dépit du destin ;
Libre quand la douleur l'assiège ,
Quand le plaisir lui tend un piège ;
Plus libre s'il est dans les fers ;
Libre quand sa tête sanglante
Tombe sous la hache fumante ;
Libre en descendant aux enfers !

Chateaubriand , les seuls esclaves ,
Les seuls vraiment infortunés ,
Sont ces vils mortels que tu braves ,
Contre toi sans cesse acharnés.
L'esclave est cet homme sordide ,
Qui , d'argent et d'honneurs avide ,
Leur immole la vérité ,
Et qui , prostituant son âme ,
La traîne sous le joug infâme
Des bourreaux de la liberté.

## ODE A CHATEAUBRIAND ,

Qui venait d'être nommé **Ministre** des **Affaires** étrangères.
( 5 **Janvier 1823.** )

—

*Il était là* lorsque l'athée ,
Du glaive armant mille bourreaux ,
Couvrait la France épouvantée ,
De pleurs , de sang et de tombeaux.
L'enfer planant sur ma patrie
Enivrait de sa rage impie
Un peuple stupide et cruel ,
Et dans cet orage effroyable ,
Son âme libre , inébranlable ,
Soutenait l'arche d'Israel.

*Il est là* depuis que la France
Renaît sous le meilleur des Rois ,
L'État a dans son éloquence
Le Palladium de ses lois.
Toujours chrétienne et monarchique ,
Respirant le génie antique
De l'orateur athénien ,
A l'infortuné qui s'égare
Cette éloquence sert de phare
Pour trouver la route du bien.

Sa voix, à vaincre accoutumée,
Fait trembler tous nos ennemis,
Et seule elle vaut une armée
Pour garder la France et Louis.
Noble sentinelle du trône,
Des pièges dont on l'environne
Il ne cesse de l'avertir,
Et son regard vaste et sublime
Ravit les mystères du crime
Aux ténèbres de l'avenir

Trop vrai prophète, il fit l'épreuve
Des malheurs qu'on nous préparait
La gloire, un instant, se crut veuve,
Et le royalisme expirait.
Mais lui, plus grand par sa disgrâce,
Ainsi que le juste d'Horace,
S'enveloppe dans sa vertu,
Et quand le vain peuple d'Athène
Perd tout, en perdant Démosthène,
Demosthène n'a rien perdu.

Plaignons les rois : le diadême
Cache plus d'un souci cuisant.
A leur insu, du rang suprême
Quelquefois une erreur descend

Il est , hélas ! des jours sinistres
Où , trahis par de vils ministres ,
Les plus grands rois ont leur sommeil ;
Mais rien peut-il changer le sage ,
Et le soleil dans le nuage
Cesse-t-il d'être le soleil ?

Toujours brillant , s'il se retire ,
La terre seule est dans la nuit ;
C'est le moment où l'on conspire ,
Le crime alors cueille son fruit .
Mais trop fiers d'un règne éphémère ,
Méchans ! du laurier adultère
Vos fronts se couronnaient en vain ,
Frémissez ! le soleil se lève ,
Et de votre coupable rêve
Son retour amène la fin

Rends encor le jour à la terre ,
Monte sur ton char radieux ,
Et qu'enfin le double hémisphere
Revive aux clartés de tes feux !
Ton Roi t'a confié sa foudre ;
Chateaubriand , réduis en poudre
Ces lâches suppôts des enfers ,
Et souviens-toi que ton génie ,
Qui seul a sauvé la patrie ,
Doit encor sauver l'univers.

# LA MORT D'UN FILS,

## ÉLÉGIE.

A M. L.. poète anacréontique, dont le fils venait de mourir
à l'âge de 12 ans.

Quelle foudre a frappé l'Ionie et la Grèce ?
Qui met sur tous les fronts cette noire tristesse ?
  Que vois-je ? quels apprêts !...
Les ris, les jeux ont pris le crêpe funéraire ;
Le laurier de Délos , le myrthe de Cythère ,
  Se changent en cyprès.

Vénus ne souffre plus le plaisir sur ses traces ;
Tout pleure dans sa cour ; les amours et les grâces
  Sont en habits de deuil.
O nymphes de Paphos ! ô vierges d'Hyppocrène !
Dieu du Gnide , Apollon , parlez , qui vous enchaîne
  Auprès de ce cercueil ?

» Ne troublez point nos pleurs ; la source en est sacrée ;
» Poète , nous pleurons la mort prématurée
  » Du fils d'Anacréon.
» C'est ici qu'on l'a mis, c'est ici qu'il repose.
» Hélas ! il n'a vécu que l'âge d'une rose,
  » N'a vu qu'une saison. »

Pourquoi plaindre son sort ? Il est digne d'envie !
S'il s'endormit hier, au printemps de la vie,
   D'un paisible sommeil ;
Aujourd'hui, dans l'Olympe il rouvre sa paupière,
Et nage, avec les Dieux, dans des flots de lumière,
   Au-dessus du soleil.

Pourquoi cet appareil que votre deuil étale ?
Ecartez ces cyprès ; épargnez l'eau lustrale,
   Surtout séchez vos pleurs.
Il faut à ce tombeau de plus douces offrandes
Le fils d'Anacréon ne veut que des guirlandes ,
   Des parfums et des fleurs

Allez aussi sécher les larmes de son père ;
Rendez, il en est temps, au Parnasse, à Cythère,
   Le chantre de Téos ;
Qu'il boive et rie encor ! qu'il fasse encore entendre
Ces chansons que son luth, toujours gai, toujours tendre,
   Vole au Dieu de Délos !

# LA VIE.

### Épitre à mon ami C.

—

Mon doux ami, la vie est comme un météore
Sans nul égard, l'insatiable faim
    De l'impitoyable destin
    Saisit, engloutit et dévore
    Les jours du pauvre genre humain
A peine l'homme a-t-il vu son aurore,
    Qu'il va toucher à son déclin.
Tristes jouets de la Parque ennemie,
Pour arrêter le torrent de la vie,
Nous ne ferions qu'un effort superflu.
    Il passe !.. qu'est-il devenu ?
La trace même en est anéantie
    Avec une rapidité
    Que l'esprit ne saurait atteindre,
    Le flambeau du temps va s'éteindre
    Au gouffre de l'Éternité.
Il n'est qu'un point entre mourir et naître,
L'instant où je te parle a déjà cessé d'être.

Victimes d'un barbare sort ,

A la mort nous devons servir tous de pâture ,

Et tomber dans la nuit obscure ,

Où pour toujours l'homme s'endoit

Ni les vertus ni le génie

Ne sauraient affranchir de la commune loi ,

Aimable ami , tu mourras comme moi :

De tes vers la douce harmonie

Touche , à ton gré , dans cette vie ,

Les âmes qui savent sentir.

En t'écoutant , ici tout se laisse attendrir ,

Mais là bas on est inflexible ,

Tes sons à la Parque insensible

N'arracheraient pas un soupir

Le sublime et magique Orphée ,

Des poètes le coryphée ,

Dont la lyre attendrit les tigres des déserts ,

Anima les forêts et charma les enfers ;

En fut-il moins mortel ?... Des femmes en furie

Détruisirent le cours d'une si belle vie.

Tel est notre destin , n'allons pas en gémir ,

Et songeons plutôt à jouir

De ce faible éclair d'existence

Qui luit et va s'évanouir —

Aimons-nous , mon ami , c'est là le seul plaisir ,

C'est là l'unique jouissance

Qui doive orner nos jours , qui puisse les remplir

Aimons-nous , quoi que l'on en pense ;
Mille siècles d'indifférence
Ne vaudront jamais la moitié
D'un instant qui s'écoule au sein de l'amitié
Aimer est le bonheur suprême ,
Foulons aux pieds tout autre bien ,
On ne vit qu'autant que l'on aime ,
Aimons-nous !... le reste n'est rien

## ÉPITRE

**A M. le Marquis d'Arbaud-Jouques , auteur d'une traduc-
tion en vers français des satires du Juvénal.**

Fécond , ingénieux et sublime poète ,
Depuis dix jours sans cesse je répète
Ces vers remplis de grâce et de vigueur ,
Où l'éclat du génie antique
Apparaît dans toute sa fleur ,

Où vous maniez en vainqueur
Du poète d'Aquin le grand fouet satirique.
Vous êtes , plus que lui , pur , facile , élégant ,
Et n'êtes pas moins énergique.
Mieux que lui vous savez , toujous intéressant ,
Passer du grave au doux , du sévère au plaisant.
Les neuf vestales du Parnasse ,
Pour vous tout dire en peu de mots ,
Vous ont légué les immortels pinceaux
Et de Despréaux et d'Horace.
Tout critique impartial
Est forcé de reconnaître
Qu'en traduisant Juvénal ,
Comme Boileau vous savez être
Imitateur original.
Dans ses progrès , gigantesque , inégal ,
Oui , votre bizarre modèle
D'affreuses beautés étincelle.
Dans tous les temps , de Juvénal
On a dit trop de bien , on a dit trop de mal.
Tantôt son style nous embrâse ,
Et tantôt il nous glace et l'esprit et le cœur.
Là l'éloquence tonne ; ici beugle l'emphase ;
Le poète est ici ; là , le déclamateur.
Mais , ô belle métamorphose !
Juvénal sous son traducteur
Est devenu tout autre chose :

Est-il au point de tomber en langueur ,
Soudain sa veine défaillante
Se ranime au feu créateur
Qui sous votre plume fermente
Votre goût , délicat et sûr ,
Fait aimer Juvénal alors qu'il le corrige
Il adoucit le *sec* , il amollit le *dur* ,
Il échauffe le *froid* , il éclaire l'*obscur* ;
Il efface , en un mot , jusqu'au moindre vestige
De ce que Juvénal a de faible ou d'impur.
Par vous régénéré , d'Arbaud , votre modèle
Est devenu , sous vos pinceaux ,
Ce que devient un bloc du marbre de Paros
Sous le ciseau de Praxitèle.

# L'ESPRIT ET LE GÉNIE.

**Épitre à M. ..., auteur de plusieurs drames célèbres.**

—

O toi , dont le cerveau fertile
Met au jour , tout en se jouant ,
Des Minerves qui se cachant
Sous le drame et le vaudeville ,
Au milieu des jeux et des ris ,
Sèment la sagesse à Paris ;
Heureux mortel ! ce sel attique ,
Cette grâce anacréontique
Que tu répands dans tes écrits ,
Triompheront toujours des cris
D'une impertinente critique ,
Et dans le monde dramatique ,
Où tu cueilles tant de lauriers ,
Tu seras toujours des premiers.
Sur les bords riants d'Aganipe ,
Aux Muses déjà consacré ;
Dès cet âge prématuré
Où Voltaire créait Œdipe ,
Tu rêvais les divins concerts ,
Et ta muse chantait des vers

Rayonnans de grâces nouvelles.
Tel un aiglon né pour le ciel,
Sur les bords du nid maternel
Fait l'essai de ses tendres ailes.
Ivre de gloire et de plaisir,
Fier de sa royale naissance,
Il contemple l'espace immense
Qu'il va bientôt s'assujettir.
Déjà sa merveilleuse vue,
Pénétrant le sein de la nue,
Va chercher le divin flambeau
Dont bientôt, dans sa course altière,
Il doit mesurer la lumière.
Tel, poète dès le berceau,
Noble ami, ta sainte manie,
Dans ses progrès toujours croissant,
Recherchait impatiemment
L'immortel soleil du génie
Qui plus tard fut ton élément.
Plus tard, relégué dans une île
Qu'un air pur n'anime jamais,
Où l'homme indolent et débile
Végète au milieu des marais,
Et coasse avec le reptile,
Tu chantas l'antique Ilion ;
Et plein de l'inspiration
Qui descend de la double cîme,

Tu fis jaillir d'un luth sublime
Les sons d'Orphée et d'Arion.
Ce prodige point ne m'étonne :
L'homme qui n'a que de l'esprit ,
Prend de tout ce qui l'environne
La couleur , la forme et l'habit.
On dirait qu'il ne se remue
Que par un ressort étranger :
Selon les lieux il change , il mue ;
Dans Athènes , vif et léger ;
A Lacédémone , sauvage ;
Exalté sur les bords du Tage ;
Dans la Perse , voluptueux ;
Sublime aux lieux baignés du Tibre ;
Dans Albion , penseur et libre ;
A Sidon , superstitieux ;
Stupide enfin en Béotie.
En Alcibiade nouveau ,
L'homme d'esprit s'identifie
Avec le laid , avec le beau
Qui , tour à tour , de notre vie
Viennent varier le tableau.
L'Esprit , d'objets toujours avide ,
Saisit tout ce qu'il aperçoit ;
Vigoureux , faible , enflé , solide ,
Selon l'aliment qu'il reçoit ,
Et par lui-même toujours vide....

Mais le Génie , indépendant ,
Image de l'Être suprême ,
Est immuable et permanent ,
Ne prend de loi que de lui-même ,
Et trouve en soi son aliment.
A tout il donne son empreinte ,
Tout se ressent de son atteinte ,
Tout lui cède ; il ne cède à rien.
Vainqueur des vents et des orages ,
Il plane au-dessus des nuages ,
Soumet le monde aérien ,
Et , du sein des célestes plages ,
Voit les astres humiliés
Rouler et se perdre à ses pieds.
Son regard , que rien ne resserre ,
Atteint , dépasse , au haut des airs ,
Les coursiers du Dieu du tonnerre
D'un saut franchissant l'univers.
Il voit comment le Dieu des mers ,
De son trident perçant la terre ,
Rend le jour visible aux enfers.
Il sait , il explique , il mesure
Tous les secrets de la nature ;
Tout est soumis à son compas ;
Lui seul ne se mesure pas ;
Il n'a pour bornes que l'*immense :*
Hors du monde matériel

Cet astre lumineux s'élance ;
Sa sphère est sans circonférence,
Et son centre est universel.
Supposez l'homme de génie,
Jeté, par l'arrêt du destin,
Au sein d'une terre ennemie
Où le jour n'est jamais serein.
Ne lui laissez d'autre patrie
Que cette affreuse Sibérie,
Siége impur d'éternels frimas ;
Par lui mille sources de vie
S'ouvrent au sein de ces climats.
Errant de rivage en rivage,
Un lieu cesse d'être sauvage
Aussitôt qu'il l'a visité.
De toutes parts, sur son passage
Naissent la grâce et la beauté
Oui les déserts les plus arides
A son aspect vont s'embellir ;
Bientôt il y fera venir
Et les Didons et les Armides.
Il parle et les plus beaux palais
S'élèvent au fond des forêts.
Seul il a cette verge antique,
Qui, par une vertu magique,
Fait jaillir des flancs du rocher
Qu'elle anime de son toucher,

Des torrens d'une onde argentée.
Il a la baguette enchantée
Qui sait faire éclore à son choix
Mille merveilles à la fois.
Aux sons que cet Orphée enfante
Je vois les rochers tressaillir,
Les antres verdir et fleurir.
Tout prend une âme ; tout fermente
Par cet ineffable concert
La nature est fertilisée ;
Le Génie au fond du désert
Vient de créer un Élysée.
Dans un séjour voluptueux,
Esclave d'une indigne ivresse,
L'Esprit laisse mourir ses feux,
Et se plonge dans la mollesse.
Là ne s'élevèrent jamais
Que de ces êtres imparfaits,
Fruits abortifs d'un faux génie,
Qui, réprouvés de la raison,
Consument tristement leur vie
A distiller un vil poison.
Par un prodige assez bizarre,
C'est au pays le plus barbare
Qu'on doit souvent le plus grand nom :
De Thèbes est sorti Pindare ;
D'Ajaccio, Napoléon.

# UNE SOIREE CHEZ ANACRÉON.

**Épitre à M. R...**, poète assez célèbre dans le genre
anacréontique.

—

Hier au soir , aimable Anacréon ,
J'ai vu chez toi l'Olympe et l'Hélicon
    Soumis à l'Enfant de Cythère.
J'ai vu cet Enfant-Dieu , des roses du printemps
Couronner , en riant , ton front sexagénaire
    Et caresser tes cheveux blancs.
Sous les doigts de ton fils , rival de Polymnie ,
Je l'ai vu voltiger, diviniser ses sons ,
    Et lui prodiguer des leçons
Qu'enviait en secret le Dieu de l'harmonie
Au plus favorisé de tous ses nourrissons.
Je l'ai vu folâtrer aux genoux de vingt belles
    Qui s'amusaient à lui couper les ailes ,
Et lui brisaient gaîment les traits de son carquois.
Je l'ai vu... mais que dis-je ? il est là , je le vois
    Avec des fleurs enchaîné par Lucie ;
Lucie aux doux parler, au sourire enchanteur,
Ingénue et modeste autant qu'elle est jolie ,
Que tout le monde admire , et qui seule s'oublie ;

Femme par ses attraits , ange par sa candeui.
Moins jeune , de l'Amour elle serait la mère ;
Ce Dieu borne sa gloire à l'appeler sa sœur ,
Et retrouve à ses pieds le trône de Cythère.
Ah ! sans doute ! en entrant dans ce modeste lieu
      Où mille étonnantes merveilles
      Charmaient les yeux et les oreilles ,
Où tout était divin , j'ai dû me croire un Dieu.
Méprise d'un moment ! Ce Dieu , né d'un atôme ,
S'évanouit bientôt auprès de tant d'appas ,
      Et mon cœur , soupirant tout bas ,
Ne m'apprit que trop bien que je n'étais qu'un homme.
Je reviens cependant à ma crédulité
En lisant les beaux vers que tu viens de m'écrire :
      Anacréon m'a chanté sur sa lyre ;
Comment puis-je douter de ma divinité ?

# LA NAISSANCE D'ADÈLE.

## Épitre.

—

Quand le Ciel vous donna la vie,
Adèle, chaque Amour, dit-on,
S'empressa d'embellir ce don.
L'un vous doua la physionomie
D'un charme secret et vainqueur
Qui près de vous attire, lie,
Maîtrise l'esprit et le cœur
Par je ne sais quelle magie.
L'autre vous donna ce regard
Vif, gracieux et cependant modeste,
Où se peint sans gêne et sans fard
La candeur d'une âme céleste.
L'autre infusa dans votre voix
Ce son tendre et moelleux qui doucement pénètre,
Et dans le cœur va faire naître
Mille émotions à la fois.
L'autre enfin vous donna ces beautés ingénues,
Ces grâces, cet esprit si délicat, si fin,
Qu'on enviera toujours en vain ;

D'abord de leurs présens les Amours s'applaudirent ;
Mais un instant après, en vous regardant mieux,

      Ils s'alarmèrent ; ils craignirent
      Qu'arrivée aux terrestres lieux,
      On ne vous prît pour quelqu'un d'eux.

Un peu trop tard, avec peine ils sentirent
Qu'ils avaient désormais une rivale en vous,

      Et, de leur ouvrage jaloux,

Ne pouvant le changer, d'un voile ils le couvrirent.
Vaine précaution ! le voile est transparent :
De tant de dons divers l'admirable amalgame,

      De ce voile s'embellissant,
      Nous fait voir, à chaque moment,

Le plus beau des Amours sous les traits d'une femme.

## LA BATAILLE DE CANNES.

### Épitre à Sophie.

—

Devant des auditeurs dociles ,
Jaloux de ne pas s'égarer ,
Et que je voulais éclairer
De quelques vérités utiles ,
Hier , je discourais à loisir
Sur les tristes fruits du plaisir.
J'osai , trop aimable Sophie ,
Dans ma folle témérité ,
Blasphémer la divinité
Que ta libre philosophie
Prend pour seul guide dans la vie ;
Aussi tu m'en punis fort bien ;
Car par ton séduisant maintien ,
Par mainte et mainte agacerie ,
Que lançait ta bouche jolie ,
Tu sus de mon long entretien
Déranger toute l'harmonie.
Parlant beaucoup , je ne dis rien
Dans mille ridicules rêves

Mon esprit troublé se perdit ;
Et , sans y prendre garde , fit
Des écarts qu'un de tes élèves
Eût évités sans contredit ;
Enfin , ce qu'on ne pourrait croire
De l'homme le moins érudit ,
Confondant les temps de l'histoire ,
Et renversant l'ordre des faits ,
Assez sottement , je l'avoue ,
Devant Cannes je mis Capoue ,
Montrai les Africains défaits
Au lieu même où, couverts de gloire,
Ils gagnèrent une victoire
Qui mit presque Rome au tombeau.
Sophie , oui ce fut à ta vue
Que je dus toute ma bévue.
Devant toi mon faible cerveau
Etait l'image d'un vaisseau
Dont le Dieu des ondes se joue,
Et qui , voguant au gré de l'eau ,
Près d'un écueil enfin échoue.
Dans tes yeux je voyais *Capoue* ;
Oui tes yeux me poussant à bout
Firent l'erreur que tu condamnes ;
Tes yeux , qui triomphent de tout ,
M'empêchèrent de vaincre à *Cannes*.

# LE PETIT PHÉNIX.

**Epitre à une charmante enfant, âgée de douze ans.**

———

Prodige à l'âge de douze ans,
Qui fais briller, dans tes attraits naissans,
Des beautés de la femme un céleste modèle,
Lorsque j'apprends que *Phénix* on t'appelle,
J'ai beau savoir que cet oiseau,
Qui de mille en mille ans renaît de son tombeau,
N'est qu'une brillante chimère,
De poétique invention ;
Belle enfant, ta perfection
S'éloigne tant de la règle ordinaire
Que je crois, en dépit de moi,
Que le Phénix renaît en toi.
En te voyant, tout me paraît probable,
Oui, tout, jusqu'à l'impossibilité,
Et tu me fais croire à la fable,
Comme on croit à la vérité.
Mais ce n'est pas dans l'Arabie,
Beau Phénix aux yeux bleus, que tu reçus le jour ·
La sœur du Dieu qu'on nomme Amour
N'a pu naître autre part qu'aux bosquets d'Idalie.

Quoique née en si doux pays ,
Tu n'en as point encor le caractère :
De tes attraits tout le monde est épris ,
Tu n'as que trop tout ce qu'il faut pour plaire ;
Nature , avant le temps , a voulu te former ;
Mais quand tu charmes tout , tu ne sais rien aimer.
Ah! conserve long-temps ta chaste indifférence ;
C'est l'égide de tes appas :
Le bonheur naît de l'innocence ;
Aimable enfant , ne la perds pas.

## LA REINE DES MUSES.

**Songe.**

La nuit planait sur l'univers ;
Enseveli dans mon humble couchette,
Et jouet du démon des vers ,
D'un poème à créer je fatiguais ma tête,
J'ébauchais mille plans divers ;

Aucun ne me plaisait, et je perdais ma peine.
A la fin je m'endors ; affranchi de sa chaîne,
Mon esprit prend l'essor et vole dans les airs.
      Sans suivre de route certaine,
Il erre ; il flotte au sein de ces feux infinis
Qu'on voit étinceler aux célestes lambris.
Léger, pur, dégagé de toute essence humaine,
      Je m'en allais, tout d'une haleine,
Visiter Jupiter, Vénus, Saturne, Herschel,
Peut-être pénétrer jusqu'au troisième ciel,
Quand un sylphe soudain me saisit et m'arrête :
     » De quel droit, jeune audacieux,
» Troubles-tu, m'a-t-il dit, le calme de ces lieux ? »
Moi, qui certes n'ai pas une langue muette,
Sans me déconcerter, je réponds poliment :
     » — Sylphe, tout doux ! respectez un poète ;
» Tout comme vous, je dois vivre de vent :
     » L'air n'est-il pas mon élément ?
     » Laissez en paix, je vous en prie,
» Un enfant d'Apollon, un ami de Julie.... »
» — Julie !... » — A ce beau nom son ton s'est radouci.
» Celui qui sert Julie est trop sûr de me plaire,
     » A-t-il repris ; vous me parlez ici,
     » D'une femme qui m'est bien chère,
» Et, soit dit entre nous, je suis son Céladon. »
     » — Le fat ! ... Vous, l'amant de Julie ! ..
     » Avez-vous perdu la raison ?

» De la terre et des cieux cette femme chérie ,

    » Cet ange enfin que vous osez nommer ,

    » Brava toujours le Dieu qui fait aimer.

» L'amour est sans pouvoir sur son cœur invincible.

» Ce fier tyran , vainqueur des hommes et des Dieux ,

» Vainement tenterait de la rendre sensible ;

» A peine obtiendrait-il un regard de ses yeux »

» — Oui , son âme est fermée à cette flamme impure ,

    » A cet amour , lâche , matériel ,

    » Qui dans les sens va chercher sa pâture ,

» Et plonge dans la fange un cœur fait pour le ciel.

» Oui , je sais que celui qui brûlerait pour elle

» De l'ardeur que là bas vous nommez *corporelle* ,

      » N'en recueillerait, pour tout prix ,

      » Que le fruit amer du mépris ;

» Mais nous brûlons , tous deux , d'une tout autre flamme:

» Si Julie est à moi, ce n'est pas comme femme ;

      » Je n'ai conquis que son esprit ,

      » Et l'amour pur qui nous unit ,

      » Exempt de toute ardeur brutale,

      » Ne prend le feu qui le nourrit

      » Que dans la région mentale.

      » Mais c'est assez; le temps s'enfuit ;

      » Tu sauras que, pour cette nuit ,

» Son esprit m'a donné rendez-vous au Parnasse....

» Qu'as-tu donc ? et pourquoi cet air d'étonnement ?

    » Au Mont sacré nous nous voyons souvent ,

» A côté de Julie on a marqué ma place ,

» Et l'on nous y reçoit très-amicalement.

  » Adieu , poète , elle m'attend , j'y vole :

» Jamais , sylphe , en amour , n'a manqué de parole. »

     » — Oh ! parbleu ! je vous y suivrai ;

  » Je veux savoir si vous me parlez vrai. »

  » — Ah ! qu'un poète a la cervelle folle !

  » Tu m'y suivras !... c'est bien dit, s'il se peut :

    » Dans ce lieu ne va pas qui veut ;

» Et ce n'est pas assez, pour voir les doctes cimes,

» Que d'avoir mis au jour quelques mauvaises rimes.

» Cependant, si tant est que tu veuilles venir ,

    » Je peux contenter ton désir :

» Sois sylphe , cette nuit, et deviens invisible. »

A peine a-t-il parlé que je me sens couvrir

D'une vapeur subtile , et qu'il n'est pas possible

    De définir. Quand le charme est complet ,

Nous partons, et d'un vol si léger , si rapide

    Nous fendons l'élément fluide ,

Qu'un instant nous conduit à l'auguste sommet.

    Le sylphe , d'un regard avide ,

Partout cherche Julie , et ne la trouvant pas,

Ému tout à la fois d'amour et de colère

    Il se plaint, il se désespère ;

    Et même il la maudit tout bas.

    Dans ce moment , belle Julie ,

    Apprenez-nous , je vous en prie ,

Quel séjour éclairaient vos yeux.
Sans doute à l'isle de Cythere,
Vous receviez et l'encens et les vœux
Des Grâces, des plaisirs, des jeux et de leur mère,
Ou bien, peut-être, erriez-vous avec eux
Dans les bois toujours verts de l'aimable Idalie ;
Peut-être, assise à la table des Dieux,
Buviez-vous à longs traits cette douce ambroisie
Et ce nectar qu'on ne trouve qu'aux cieux.
J'étais auprès du sylphe absorbé dans sa peine ;
J'en riais doucement et sans malignité,
Quand tout-à-coup la plus auguste scène
Fixe mon regard en hanté.
Au lieu mystérieux de la double colline
Où le génie épand ses feux inspirateurs,
Apollon, rayonnant de sa gloire divine,
Ainsi parlait aux doctes sœurs
Assises sur des lits de fleurs.
» Muses, vous êtes neuf, et quoique la manie
» Des divinités du bel air
» Soit de chérir le nombre impair ;
» J'ai souvent eu la fantaisie
» D'embellir votre compagnie
» D'une nouvelle sœur ; mais chez le genre humain
» Je la cherchai long-temps en vain.
» Lorsque Sapho brillait dans Mytilène,
» D'abord elle attira mon choix ;

» De chacune de vous elle conquit les voix ;

» Et déja les eaux d'Hippocrène

» S'applaudissaient de couler sous ses lois ,

» Et souriaient à leur dixième reine ,

» Quand sa faiblesse pour Phaon·

» La bannit à jamais de mon sacré vallon.

» Vous n'ignorez pas que la femme

» Qui languit lâchement sous les lois de l'amour ,

» Et ne sait pas commander à sa flamme ,

» N'est point faite pour ce séjour.

» Je vous l'ai souvent dit ; à l'esprit d'une muse

» L'amour doit servir seulement

» De simple et pur délassement.

» Tout au plus il convient que ce Dieu vous amuse,

» Mes sœurs ; si jamais Cupidon

» Vous causait le moindre délire ,

» Si jamais votre cœur s'ouvrait à son poison ,

» Adieu votre génie , adieu votre raison ,

» Et partant , adieu votre empire

» Pour remplacer la nymphe de Lesbos ,

» A souhait aujourd'hui le destin me seconde·

» Dans un lieu que le Rhône arrose de ses flots ,

» Vit au dessus des vanités du monde ,

» Une femme qui n'est mortelle que de nom ,

» Belle comme Vénus , fière comme Junon ,

» Sage comme Minerve ; en un mot, c'est Julie ,

» Que pour dixième muse aujourd'hui j'ai choisie.

» Vous le savez, des faiblesses du cœur
» Elle brava toujours le charme corrupteur.
» Cette chaste beauté, depuis qu'elle respire,
» Exerce sur l'amour un despotique empire.
  » Ce Dieu puissant qui, dans ses fers,
  » Fait soupirer tout l'univers,
» Dompté par le pouvoir d'un charme irrésistible
» Reconnait à ses pieds qu'il n'est pas invincible.
» A ses pieds, de lui-même, on le voit s'enchaîner,
» Avouant que Julie est bien plus que sa mère,
  » Et que les Dieux l'ont mise sur la terre,
» Non, pour porter des fers; mais bien pour en donner.
» Quel magique pouvoir!... Je ne connais point d'âme
» Qu'un rayon de ses yeux n'électrise et n'enflamme.
  » Quand du soleil je dirige le char,
  » Si ses attraits s'offrent à mon regard,
» Leur éclat règne seul; je n'ai plus de lumière;
  » Ainsi les astres de la nuit
  » S'éteignent dès que le jour luit.
  » Je m'arrête dans ma carrière
» Pour jouir du plaisir de la considérer;
» Une espèce d'instinct me force à l'adorer,
» Et si je ne craignais d'incendier la terre,
  » J'y descendrais pour soumettre à sa loi
   » Mes rayons, mes coursiers et moi...
» Un jour elle dansait!.... ô charme inexprimable!
» Terpsicore, vos pas n'ont rien de comparable

» Aux mouvemens qu'elle dessine aux yeux.

   » Plus qu'Atalante elle est légère ;

» Elle ne touche pas, elle effleure la terre,

» Elle coule dans l'air, elle tend vers les cieux ;

» On s'imagine voir cette nymphe divine

   » Remonter vers son origine ....

   » Fait-elle résonner sa voix ?

   » Les plus beaux sons qu'Euterpe et Polymnie

» Savent tirer d'un luth animé sous leurs doigts,

   » N'ont plus de prix dès qu'on entend Julie.

» Elle chante !... et les vents ont cessé de souffler ;

   » Les ruisseaux n'osent plus couler,

   » On n'entend plus leur doux murmure ;

   » Et le zéphir craint d'agiter

   » Les flots d'or de sa chevelure ;

   » Chaque élément se tait pour l'écouter,

» Sa voix a suspendu le cours de la nature.

   » Ému de ce son enchanteur

   » L'Olympe abaisse sa hauteur,

   » Et des Dieux la troupe ravie

» Vient se presser autour de l'aimable Julie,

   » Trouvant un attrait plus touchant

   » Aux moelleux accords de son chant,

» Qu'au nectar qui fermente à leur table immortelle.

» Le ciel n'est plus au ciel ; il est tout avec elle.

» Et son esprit !... pourrais-je avec fidélité

» Vous en peindre la force et la vivacité ?

» Sans cesse il en jaillit des torrens de lumière

» Qui prêteraient une âme à la nature entière.

» Elle parle , et les sens par sa voix embrâsés ,

» Se trouvent à l'instant spiritualisés ;

» Ainsi l'on voit auprès de la flamme brûlante ,

» Se fondre en un clin d'œil la cire bouillonnante ;

» Ou tel on voit encor le feu de mon flambeau

» Échauffer les glaçons et les résoudre en eau.

» Cet esprit comprend tout ; la sphère en est immense.

    » Les replis les plus ténébreux

    » Dont s'enveloppe la science

    » N'en dérobent rien à ses yeux.

    » Elle découvre de l'histoire

    » Les moins pénétrables ressorts,

    » Son intarissable mémoire

    » Est un océan de trésors.

  » Bien mieux que toi, séduisante Thalie ,

    » Elle possède le talent

    » De corriger en égayant.

    » De ta lascive comédie

    » Le sel trop âcre , trop mordant,

» Et souvent mélangé d'une substance impure ,

» Bien loin de la guérir irrite la blessure ;

» Tandis que son esprit plein d'innocens attraits

» Charme , éclaire , guérit et ne blesse jamais.

» Selon les sons divers que sa bouche déploie

» Elle excite à son gré la tristesse ou la joie.

» Vous fait-elle un récit touchant ?

» Comme à sa voix le cœur palpite !

» Comme elle le trouble et l'agite !

» Comme elle émeut le sentiment !

» Sur un théâtre , ô Melpomène ,

» Dans Paris comme dans Athène ,

» Fréquemment, j'en conviens, des yeux des spectateurs

» Tes accens douloureux ont fait couler des pleurs ;

» Mais ces larmes souvent coupables ,

» Pour fondemens n'ont jamais que des fables.

» Par le vrai seul, Julie a le don d'attendrir ,

» Et des pleurs qu'elle excite on n'a point à rougir.

» De ses autres talens décrirai-je la foule ?

» Quel temps y suffirait ?... disons tout en deux mots .

» Quand Nature l'eut faite aux bosquets de Paphos ,

» Pour qu'elle fût unique elle en brisa le moule »

Il se tait, et les sœurs , d'un air tout gracieux ,

Disent que c'est trop peu qu'une telle rivale

Au Mont sacré ne soit que leur égale ;

Qu'elle doit y régner , et qu'on est trop heureux

De pouvoir servir sous ses yeux.

Phébus approuve , et tout le chœur s'écrie ·

« Nos désirs sont comblés . notre reine est Julie. »

Et soudain les échos de l'auguste vallon

Mille fois à l'envi , répètent ce doux nom.

Mais par malheur l'aurore vigilante ,

Sur son char de vermeil venant faire son tour

Et préparer la terre à la clarté du jour ,

A dissipé cette scène charmante.
J'ai déserté les airs et , sans faire de bruit ,
Je me suis a regret replongé dans mon lit.


### ENVOI A JULIE.


Vous dont l'austère modestie ,
Des parfums d'encens ennemie ,
Se plaint de l'admiration
Dont vous êtes toujours suivie ;
Vous qui traitez de fiction
Toute vérité qui vous loue ,
Mon songe , à vos yeux , je l'avoue ,
Pourra bien paraître menteur ;
Mais pour partager votre erreur ,
Je crois que vous n'aurez personne :
Le Parnasse qui vous couronne ,
Chacun le trouve dans son cœur.

# L'ABSENCE D'ANGÉLIQUE.

—

Exilé dans des lieux sauvages
Où le *Notus* souffle toujours,
Escorté d'humides nuages
Qui font fuir le Dieu des amours
Où la sagesse austère et triste,
Ne marche jamais sans l'ennui ;
Où l'homme, insipide égoïste,
Va s'isolant toujours d'autrui,
Et ne voit au monde que lui ;
Je tourne mes yeux pleins de larmes
Vers ce doux et riant séjour
Où se rassemblent tous les charmes,
Temple d'un chaste et tendre amour,
Où notre Angélique respire
Au sein d'une brillante cour
Qui sait boire, chanter et rire,
Tandis qu'ici chacun soupire,
Et ne sait plus que la pleurer,
La rêver et la désirer.
Revenez donc, belle Angélique !
Et que ce cri du sentiment
Vous arrache au pays Normand !

A ma lyre mélancolique
Revenez rendre l'enjouement ;
Au sein d'une cité muette,
Ramenez ces beaux jours de fête,
Ces jeux , cette franche gaîté
Dont vous êtes toujours suivie !
Fugitive félicité !
Court âge d'or de notre vie ,
Ah ! nous t'avons bien expié :
Si nous fûmes dignes d'envie,
Nous sommes dignes de pitié.
A peine vivons-nous encore ,
Notre cœur , que l'ennui dévore,
D'un mal mortel se sent atteint :
C'est la lampe d'Anaxagore
Qu'on prive d'huile et qui s'éteint.

## LE RETOUR D'ANGÉLIQUE.

—

Nos vallons languissaient sans fleurs et sans verdure ;
La Naïade roulait son onde en soupirant ;
Sur la terre et dans l'air mourante la nature
N'avait pour toute voix qu'un long gémissement.
    Tu reparais, tout revit, tout fermente :
        L'arbre fleurit, la terre enfante ;
        Coulant mollement dans son lit,
        La Naïade gazouille et rit,
        Partout la joie est renaissante ;
        Depuis l'homme jusqu'à la plante,
        Dans nos bois, nos prés et nos champs,
        En sa langue tout être chante ;
        A ton retour, femme charmante,
Tout semble, pour t'aimer, avoir reçu des sens.
        Oh combien d'heureux changemens
        Ces lieux vont devoir à leur reine !
        Le printemps, le plaisir, l'amour
        Qu'Angélique tient dans sa chaîne,
        Sont le fruit de son seul retour.

# LE SOUHAIT.

## A Zulmé

—

Toi qui me fuis toujours, toi qu'en vain je rappelle,
    Toi qui sais si bien me punir
    Du crime de t'être fidèle
    Et de ne pouvoir te haïr,
Pour prix des maux que tu me fais souffrir,
    Sois heureuse autant que cruelle!
    Dans le calice du plaisir
    Bois sans jamais le voir tarir!
Que tes jours soient filés avec l'or et la soie,
    Qu'en ta faveur le ciel déploie
Ses plus riches trésors et ses dons les plus doux,
De ton bonheur enfin rends l'univers jaloux!...
Pour moi qui désormais suis devenu la proie
    De ton implacable courroux,
Hélas! j'ai vu tarir les sources de ma joie.
    Abreuvé d'absinthe et de fiel,
Mon cœur est déchiré par toutes les furies;
Mes yeux ne s'ouvrent plus à la clarté du ciel;
Le jour fait frissonner mes paupières flétries.
Atteint d'un mal mortel qui dévore mon sein,

Je m'éteins dans les pleurs, et je me plains en vain :
    Pour m'arracher de ce funeste abîme
        Personne ne me tend la main ;
Tout l'univers est sourd aux cris de ta victime ;
Depuis que tu me hais tout semble me haïr.
        Hélas ! dans mon sombre avenir
        Je ne vois rien que de funeste ;
Loin de toi, désormais, le malheur seul me reste,
Et si je vis encor ce n'est que pour souffrir

# LA FAUSSE INDIFFÉRENCE

ÉLÉGIE. — A LA MÊME.

A celle qu'on aimait quand on cesse de plaire,
Quand les feux les plus purs et les plus délicats
Lui causent un ennui qu'elle ne cache pas,
Pour ne pas s'avilir, il faut fuir et se taire....

Pour me taire et pour fuir que d'efforts superflus !
Mais enfin , je saurai vaincre ma destinée :
Non , non , je ne veux pas qu'elle soit condamnée
A revoir le mortel qu'elle n'écoute plus.

Un jour !... Ce souvenir déchire encor mon âme ;
Un jour , elle m'aima ; je lui plus un instant ;
Mais c'était un caprice , et son cœur est changeant ;
Je la croyais un ange , elle n'est qu'une femme.

Si le ciel me rendait ce qui sut la charmer !
Si pour moi ce beau jour pouvait jamais renaître !
Elle seule pourtant régnerait sur mon être ;
Je sens qu'il est affreux de cesser de l'aimer.

Vain espoir ! rien n'émeut ce léger caractère ;
Le sentiment l'effleure et ne l'atteint jamais ;
Les supplices du cœur sont pour elle un mystère ,
Et le mal qu'elle fait ne trouble point sa paix.

Quelquefois on dirait qu'elle plaint mon martyre.
Oui , quelquefois ses yeux s'arrêtant sur mes pleurs ,
Ses yeux semblent émus !... elle rêve et soupire !...
Mais ce n'est qu'une feinte , et ses yeux sont trompeurs.

Voyez-vous , mes amis , la paupière mystique
Qui s'élève et s'abaisse avec un art magique ,
Tour à tour nous ouvrant et nous fermant les cieux ?
Le poison qu'elle cache est craint même des Dieux.

Vous avez vu le mal qui me rongeait naguère ,
Sous le joug que je crois avoir enfin brisé ;
O mes tendres amis ! c'est sous cette paupière
Qu'en un jour de malheur mon cœur l'avait puisé.

Maintenant je respire ; il semble qu'il me quitte
Ce mal que sans espoir si long-temps j'ai nourri !...
Mais qu'entends-je ? elle vient ; mon cœur bat et s'agite !
Amis , je me trompais ; je ne suis pas guéri.

## LES ROIS.

**Banquet chez M. de T...**

—

Pour être roi sur cette terre ,
Qu'importe un trône et des états ?
Les hommes sont, pour l'ordinaire ,
Plus rois quand ils ne le sont pas.
Le pâtre est roi dans sa cabane ,
Le misanthrope dans les bois ;
Sancho-Pança l'est sur son âne ;
Moi je le suis tant que je bois.

Monarque qui tends à la gloire ,
Prends mes leçons , qui que tu sois :
Pour bien régner , il faut bien boire ;
C'est le vin seul qui fait le rois.
Mets ton trône sous une treille ,
Commande le verre à la main ;
Il ne te faut qu'une bouteille
Pour triompher du genre humain


C'est dans la bouteille qu'on puise
Tous les germes de la valeur :
La victoire est toujours soumise
Au char d'un monarque buveur.
Si le bon Henri sut se battre ,
S'il vainquit tous ses ennemis ;
Ah ! c'est qu'il buvait comme quatre ,
Et ne se battait qu'étant gris.


Quand le grec Cinéas , dans Rome
Entra pour la première fois ,
L'histoire dit que ce bonhomme
Prit des sénateurs pour des rois.
Son erreur fut bien pardonnable ;
Mes bons amis , qu'en pensez-vous ?
Il les trouva sans doute à table ,
Chantant et buvant comme nous.

Sur notre face rubiconde
Bacchus ici grave nos droits ;
Amis, rions des rois du monde
Ici, plus qu'eux, nous sommes rois
Mais, Aglaé, qui sait te plaire,
Est encore plus roi que nous ;
Et le plus grand roi de la terre,
Grandit encore à tes genoux.

# MA POMME.

**Banquet chez M. de R .**

—

Mon cher Homère, grand merci
De ton Olympe imaginaire ;
Grâce aux beautés qui sont ici,
J'ai trouvé le ciel sur la terre :
Chante à ton aise ces grands Dieux
Qui baîllent au sein de leur gloire.
S'ils veulent s'ennuyer chez eux,
Ici je veux aimer et boire.

Ils n'ont pour breuvage et pour mets
Que le nectar et l'ambroisie.
Nargue de leurs fades banquets !
Le plaisir meurt, s'il ne varie.
Leur *Hebé* ne me tente pas :
Le temps doit l'avoir bien vieillic ;
Je donnerais tous ses appas
Pour le sourire de Lucie.


Avec tes charmes éternels ,
Vénus , à la fin tu me lasses ;
Je n'encense plus tes autels ;
Reste à Cythère avec tes Grâces.
On a trop vanté les beautés
Que te dut le pinceau d'Apelles.
S'il renaissait , à nos côtés
Il viendrait prendre ses modèles.


Nouveau Pâris , dans ce festin
J'apporte une pomme nouvelle :
Qui doit l'avoir ? c'est incertain ;
Ici chacune est la plus belle.
Beautés , daignez me pardonner
Si mon jardin est infertile :
Je n'ai qu'une pomme à donner
Et je vous en dois plus de mille.

# LA FOLIE.

## Banquet chez M. de L...

———

Quand mon luth ne rend plus de son ,
Quand mon cœur nage dans le vide ;
Tout en baillant , de la raison
Je vante le règne insipide ;
Mais dans ce banquet gracieux ,
J'ai retrouvé mon vrai génie ;
Mes bons amis , je suis heureux :
Je veux vous chanter la folie.

Quoique toujours dans son printemps ,
Elle naquit avec le monde ;
C'est elle qui , dans tous les temps ,
Gouverne la machine ronde.
Vous n'avez jamais existé ,
Prétendus sages de la Grèce :
Socrate aux pieds de la beauté
Perdait lui-même la sagesse.

Au bruit charmant de ses grelots
S'anime tout ce qui respire.
C'est elle qui fait les héros ,
Les amans , les fils de la lyre.

Par elle un poète inspiré
Met à ses pieds la double cime ,
Et , dérobant le feu sacré ,
Va dans les cieux chercher la rime.

Pour moi qui ne tiens de ses dons
Que les ailes de Péristère ,
Simple citoyen des vallons ,
Je ne puis point quitter la terre.
Un vol sublime est mon écueil.
Permettez que je vous le dise ,
Ma muse borne son orgueil
A voltiger aux pieds d'Élise.

A vos pieds il est d'autres cieux ,
Élise , Agathe , Éliacinte ;
Je vois réunis dans vos yeux ,
L'Olympe , le Cnide et le Cynthe.
Du sein de ces astres brûlans
Part le feu qui me rend poète ,
Il coule sur moi par torrens ,
Il m'inonde . .. je perds la tête.

Oh ! liez-moi , trio charmant !
Faut-il ici que je m'explique !
Je suis fou , plus fou que Roland :
Ici tout me montre Angélique....

Si de vos mains je suis lié ,
Je ne veux point d'autre fortune....
Mon cher Astolphe , par pitié ,
Laisse ma raison de la lune.

## L'ACADÉMIE.

### A Aglaé.

La plus ancienne académie
Fut sans doute un jeu de l'amour :
Pour créer les feux du génie
Ce Dieu n'a besoin que d'un jour.
Ici , je l'éprouve moi-même :
Hier , Aglaé , je n'étais rien ;
Mais aujourd'hui que je vous aime ,
Je suis académicien.

Qu'un pédagogue enfle sa tête
Des langues de divers pays ;
Qu'il les commente et les répète ;
Je n'en serai jamais épris.
Votre langage est mon modèle ,
Et vos yeux mes seuls Richelets :
Pour moi la langue la plus belle ,
C'est la langue que vous parlez.


Qu'un froid pédant s'énorgueillisse
D'être un érudit écrivain ;
Tant qu'il voudra , qu'il se hérisse
D'hébreu , de grec et de latin.
Je ne lui disputerai guère
Le droit d'ennuyer doctement ·
Aglaé , si je sais vous plaire ,
Je dois me croire assez savant.


Qu'un astronome ridicule
Pèse à loisir le firmament :
Je ris des masses qu'il calcule .
Autant en emporte le vent.
Ils n'avaient que des yeux de taupe ,
Ce *Lalande* et ce *Cassini ;*
Moi , dans vos yeux , sans télescope ,
Je vois le ciel en raccourci

Ces yeux où l'amour parle en maître ;
Ces yeux qui savent tout dompter,
Sont désormais le thermomètre
Que je me plais à consulter :
Dans vos yeux seuls je cherche à lire ;
Ils m'éclairent dès le matin,
Et tant que je les vois sourire,
Je dis que le ciel est serein.

Qu'un poète, à perte d'haleine,
Parcoure les bois de l'Hémus :
De son insipide Hippocrène
Qu'il nous exalte les vertus.
Près de vous, sans changer de place,
Je vois la source des beaux vers ;
Je trouve à vos pieds mon Parnasse,
Mon Apollon, mon univers.

# COMMENT TE FUIR.

**Romance à Julie.**

—

Quand fuit le jour , et quand revient l'aurore ,
A chaque pas ton image me suit ;
Elle embellit mes rêves dans la nuit ;
A mon réveil je la retrouve encore.

J'entends ta voix dans le vent qui murmure ;
Tous les oiseaux semblent chanter ton nom ;
Il prête une âme à l'écho du vallon ;
Il retentit dans toute la nature.

Le pur cristal d'une claire fontaine
De tes yeux bleus peint la douce candeur :
En respirant le parfum d'une fleur ,
Je crois toujours respirer ton haleine.

Comment te fuir, ô charmante ennemie ,
De tes attraits comment sauver mon cœur?
Tout me soumet à ton regard vainqueur ;
Dans l'univers tout me montre Julie.

## LA FAUTE D'ORTHOGRAPHE.

Une nymphe de Castalie
Que les amours nomment Sophie,
N'a pas su, malgré son génie,
Ecrire le verbe *vieillir*.
Or, de cela je ne m'étonne guère ;
Je m'étonnerais, au contraire,
Que Sophie eût jamais connu
Un mot ignoble et sans vertu,
Qui n'a point de sens à Cythère,
Et que les trois Grâces ont su
Bannir de leur dictionnaire.
Nymphe charmante en qui l'on voit fleurir
Esprit toujours brillant, grâce toujours nouvelle,
Quand ta jeunesse est éternelle,
Comment peux-tu savoir ce que c'est que *vieillir* ?

# LA SEULE BEAUTÉ DE LA FEMME.

## A Victorine T...

—

La seule beauté de la femme
Est la beauté qui vient de l'âme.
Sans un bon cœur, sans un heureux esprit,
Aurait-elle les traits de la Vénus d'Apelle,
Une femme n'est jamais belle.
O Victorine, il me suffit,
Pour le croire et le bien comprendre,
D'avoir pu te voir et t'entendre.
J'ai lu chez les Grecs d'autrefois
Que les Muses sont neuf, que les Grâces sont trois
Des fictions des Grecs, oh! ne sois point jalouse!
Ecoute, en te voyant, ce que te dit chacun :
Si chez eux, neuf et trois font douze,
Chez toi neuf et trois ne font qu'un.
Vénus fut sans doute ta mère ;
Le Dieu du Parnasse est ton père,
Et l'Amour à ton joug soumis,
Est fier de s'appeler ton frère
En attendant qu'il puisse être ton fils.

# L'INVITATION.

## A Élise.

—

A notre fête littéraire
Vous viendrez , s'il vous plaît , jeudi.
Nous pressentons , s'il faut le dire ici ,
Que vous nous y serez contraire :
Lorsqu'ils vous verront auprès d'eux ,
De nos travaux et de nos jeux
Les spectateurs ne s'occuperont guère ;
Vous viendrez nous voler et leurs cœurs et leurs yeux :
*L'art d'instruire* n'est qu'ennuyeux ,
Quand on est près de *l'art de plaire*.
Mais qu'importe? venez ; autant que je vous crains ,
Je vous désire et vous appelle ;
Venez , par vos charmes divins ,
Faire échouer notre nacelle ,
Nous noyer et rire de nous
En nous regardant du rivage .
Le plaisir de vous voir est si rare et si doux ,
Qu'en le payant par un naufrage
On peut faire encor des jaloux.

## LA VISITE INUTILE.

—

Hier , j'allais chez Elisa ;
Elisa fut inaccessible ;
En vain mon regard la chercha :
Une divinité sait se rendre invisible.
Mais si cette belle insensible
Peut m'empêcher de la revoir ;
Certes , je la défie , avec tout son pouvoir ,
D'ôter jamais de mon âme éperdue
Le souvenir de l'avoir vue.

## L'AVEU.

—

J'avais un cœur sensible et tendre ;
Il était mon unique bien ;
Elisa vient de me le prendre ;
Elle part et l'emporte, il ne m'en reste rien.
Trop cruelle Elisa ! daignez donc me le rendre ,
Ou laissez votre cœur à la place du mien.

# Fleurs de mon Été.

## ODE A LA GAIETÉ.

Dans cet asile solitaire
Où rien d'impur n'est parvenu,
Où l'on respire une atmosphère
Qui ne souille point la vertu :
Assis sur un lit de verdure,
En présence de la nature,

Je chante la douce Gaieté.
Protégez , nymphes du Permesse ,
Ces vers , enfans de la paresse ,
Du calme et de la liberté.


De ton voluptueux délire
Toi-même pénètre mes vers ,
Gaieté , sois l'âme de ma lyre ,
Comme l'âme de l'univers !
Sois mon Pinde et mon Hippocrène ;
Viens , de ta vertu souveraine
Soutenir ce faible mortel ;
Epure la voix qui te chante ;
Et rassure la main tremblante
Qui veut encenser ton autel.


Oui , je la vois ; elle s'avance....
C'est la véritable Cypris.
Sur ses pas l'aimable innocence
Conduit les Grâces et les ris.
Dans elle tout est harmonie.
Sur son front brillant de génie ,
Règne une magique douceur ;
Près d'elle je me sens renaître ,
Et par torrens dans tout mon être
Coule son filtre inspirateur.

O Gaieté! ta vive influence
Pénètre la terre et les cieux ;
Tout sent , tout bénit ta puissance ,
Depuis la plante jusqu'aux Dieux.
Dans nos champs inconnus au vice ,
Un cœur pur et sans artifice ,
Avec toi trouve le bonheur.
Tu laisses le roi sur son trône ,
Et tu vas poser ta couronne
Sur la tête du laboureur.

Sous le doux emblême de Flore
La Gaieté préside au printemps.
Elle paraît ; tout se colore ;
Son sourire anime nos champs.
En germes créateurs féconde ,
Elle répand au sein du monde
Des torrens de vie et d'amour ;
Et la nature renaissante ,
Aux yeux de l'homme se présente
Vierge comme à son premier jour.

Amaryllis , Eglé , Climène ,
Au teint frais , aux yeux ravissans ,
Dans le cristal d'une fontaine
Contemplent leurs attraits naissans.
L'onde réfléchit leur sourire ;

Leur bouche vermeille respire
Le souffle embaumé des zéphirs ;
Les fleurs des champs font leur parure ;
Une source , un lit de verdure
Répondent à tous leurs désirs.

Sous un ciel pur et sans nuage ,
Mille agneaux brillans de blancheur ,
Foulent de rians paturages ,
Palpitans d'une douce ardeur.
Près d'eux une Vénus champêtre ,
Assise à l'ombrage d'un hêtre ,
Les asservit en souriant ;
Captifs amoureux de leur chaîne ,
Sous des lois qu'ils sentent à peine ,
Ils courbent un front innocent.

Joli peuple de Timarète ,
Agneaux , que vous êtes heureux !
Vous ne cédez qu'à sa houlette ,
Vous ne servez que deux beaux yeux.
Ce vain bruit d'un monde frivole
Qui frappe , séduit et s'envole ,
Ne retentit point jusqu'à vous.
L'orgueil des hommes vous oublie ,
Et le calme de votre vie
Ne vous attire aucun jaloux.

O champs ! ô bois ! que je vous aime !
Sanctuaire de la Gaieté !
L'âme ici jouit d'elle-même
Et sent son immortalité !
Bercés par des rêves stériles ,
Que faites-vous au sein des villes ?
Venez , venez , amans des arts !
De la Gaieté naît le génie ;
Puisez à ces sources de vie
Qui jaillissent de ses regards.

Oh ! qu'il est heureux le poète
Dont elle anime les transports !
Tous les temps seront sa conquête ;
Ne le cherchez point chez les morts ;
Le tombeau n'a que sa poussière ;
Le front couronné de lumière ,
Il s'avance dans l'avenir.
Sous ses pas tout fuit , tout s'écoule ,
Mais , l'amas des siècles qu'il foule
N'a servi qu'à le rajeunir

Sous le ciel riant d'Ionie ,
Respire encore Anacréon ,
Et de deux mille ans agrandie
Sa palme embellit l'Hélicon
Son luth charme toujours la terre,

L'enfant-Dieu qui règne à Cythère
Caresse encor ses cheveux blancs ;
Hébé n'a point quitté ses traces ,
Et sur son front , trône des Grâces ,
Rayonne un éternel printemps.

## A CORALIE.

—

Dans l'ode que je vous dédie ,
Vous verrez , belle Coralie ,
Beaucoup de sensibilité :
J'ai pris , pour chanter la Gaieté ,
Le luth de la mélancolie.
C'est assez gauche assurément :
La Gaieté , sœur de l'enjouement ,
Compagne des jeux et du rire ,
Se passerait fort bien d'un chantre larmoyant ;
J'en conviens; mais hélas! quoique l'on puisse dire ,
Je ne peux chanter autrement :

La Gaieté disparaît devant le sentiment ;

On la perd, dit-on, quand on aime ;
Et, pour vous parler franchement,
Je crains d'avoir senti moi-même
Qu'on peut la perdre en vous voyant.

# LE DERNIER CHANT DU TROUBADOUR.

### Élégie à Coralie.

Unique trésor de ma vie,
Lyre, qui tant de fois, au sein de mes malheurs,
Me fis si bien sentir la volupté des pleurs ;
Tes sons offensent Coralie ;
Séparons-nous ; il faut que ton crime s'expie.
Je pleurerai tout seul, et sous mes doigts émus,
A mes gémissemens tu ne répondras plus.
Mais avant notre adieu suprême,
Avant de remonter au ciel d'où tu descends ;

Sur ce cœur désolé qui t'exile et qui t'aime ,
  Repose encor quelques instans.
Vous tous , ô mes amis ! qui portez un cœur tendre
  Si vous aimez encor ma voix ,
  Hâtez-vous de venir l'entendre ;
Hélas ! je vais chanter pour la dernière fois.
  Ma muse , hier , jouait encore
  Avec les nymphes de ces bords ;
  En souriant , Zéphir et Flore
  La couronnaient de leurs trésors ;
Maintenant la voilà qui brise sa guirlande '
Les roses et les lys importunent son front ,
  Flétri par un funeste affront ,
  Ce sont des cyprès qu'il demande ..
Superbe Coralie !... ô souvenir cruel !
Je crois la voir encor , dédaigneuse et paisible ,
Mettant tout son orgueil à paraître insensible ,
Et sans nulle pitié frappant d'un coup mortel
La victime tremblante aux pieds de son autel . .
  « J'ai lu vos vers ; ils m'ont déplu , dit-elle »
  Du ton le plus indifférent ,
Elle laissa tomber ce mot désespérant ,
Et cependant jamais je ne la vis si belle
  Que dans ce terrible moment.
Ses yeux sereins , roulant sous deux sourcils d'ébène ,
Trop calmes et trop fiers pour exprimer la haine ,
Rayonnaient d'un éclat doux et majestueux ,

Et ce front enchanteur que la grâce couronne ,
Ce front que les amours voudraient avoir pour trône ,
Quand j'étais à ses pieds , allait chercher les cieux......
Ma muse lui déplaît !... au Parnasse , à Cythère ,
     Maintenant qui la souffrira !
   Triste rebut du ciel et de la terre ,
      Partout on la repoussera ;
      En tous lieux elle portera
      Une marque d'ignominie ,
      Et le monde entier proscrira
      Celle que proscrit Coralie.
Mais qu'a donc dit ma muse en ces vers malheureux ?
Rien qu'elle n'ait senti ; rien qu'on ne puisse entendre ·
Je n'en disconviens pas ; elle est vraie ; elle est tendre ,
Mais toujours le respect tempère ses aveux.
     Qu'avez-vous fait , muse imprudente ?
     Vous le saviez , la vérité
   Ainsi qu'aux rois déplaît à la beauté.
Montrez à Coralie une âme indifférente ;
   Mentez , mentez , puisqu'elle veut qu'on mente ,
   Pour la fléchir il n'est que ce moyen.
   Dites-lui donc qu'elle n'est pas charmante ,
Qu'elle a mille défauts , qu'elle n'inspire rien ,
Que d'elle ne sort pas un magique lien
   Qui lui soumet toute âme aimante.
Dites-lui bien , surtout , que nous ne l'aimons pas ,
Et que , par un prodige unique , inconcevable ,

Nous pouvons sans danger contempler tant d'appas.
Osez, osez nier le charme inexprimable
    Dont par elle tout s'embellit.
Contestez sa beauté, sa grâce, son esprit,
    Ne la nommez plus adorable ;
Blasphémez, en un mot, tous ces divins trésors
    Que lui prodigua la nature ;
    Vous lui plairez peut-être alors !...
Mais que dis-je ! lui plaire au prix d'une imposture !
Non, non, souffrons plutôt sans l'avoir mérité.
Quand ses chants ingénus ont blessé la beauté,
    Après avoir brisé sa lyre,
D'amour et de douleur le Troubadour expire ;
    Il n'est ni plaint ni regretté,
Mais il entre au tombeau sans que l'on puisse dire
Que son cœur ait jamais trahi la vérité.

## ODE A L'AMOUR.

—

Fier tyran des fils de la terre ,
Enfant, père de tous nos maux ;
Source intarissable de guerre ,
Principe d'éternels fléaux ;
Amour , puisqu'il faut qu'on te nomme ,
Qui ris des souffrances de l'homme
A ton joug cruel enchaîné ;
Bourreau , de victimes avide ,
Qu'il soit maudit , l'attrait perfide
De ton regard empoisonné !

De ta dévorante blessure
Quel désert peut nous garantir?
Hélas ! sur toute la nature
On sent ton bras s'appesantir !
Sous le sable ardent de Lybie ,
Sous les neiges de Sithonie ,
Partout nous atteignent tes coups.
En vain une fable ingénue
A mis un bandeau sur ta vue;
Ce bandeau n'aveugle que nous

On t'a nommé l'âme du monde ,
» C'est toi , dit-on , qui l'entretiens ·
» De voluptés source féconde ,
» Ton mal fait naître tous les biens. »
Vos beaux vers ont menti , Catulle ,
Ovide , Properce , Tibulle ,
De l'Amour chantres favoris :
Ce Dieu , dont vous vantez les charmes ,
Vous coûta bien d'amères larmes ;
Il n'est doux que dans vos écrits.

Je maudirais moins son empire ,
Si , quand sous son joug séducteur
La raison inutile expire ,
Survivait au moins le bonheur ;
Mais des maux dont il nous consume
Il cache , un instant , l'amertume
Sous un miel parfumé de fleurs.
Effleurez la coupe funeste :
Le miel tarit , le poison reste ,
Et la mort coule au fond des cœurs.

Sapho ! Didon !... quelle disgrâce !
De l'Amour voilà donc le jeu !
A l'un il lance un trait de glace ;
A l'autre il lance un trait de feu !
Par lui , malheureuse Hermione !

Tu suis Pyrrhus qui t'abandonne !
Tu fuis Oreste qui te suit.
Bajazet méprise Roxane ;
Des feux trompés de sa sultane ,
Atalide a ravi le fruit !

Les Laïs , les Sardanapales
S'offrent partout à mes regards ;
Et les quenouilles des Omphales
Remplacent les glaives de Mars.
Ici Médée abandonnée
Détruit , dans sa rage effrénée ,
Les fruits d'un hymen méconnu ;
Et plus loin Lucrèce outragée ,
En attendant qu'on l'ait vengée ,
S'immole à son honneur perdu.

Calmez-vous , mânes de Lucrèce ;
Brutus, l'honneur du nom romain,
A puni la scélératesse
De l'infâme Sextus-Tarquin.
Femme , à ta vertu qui m'étonne ,
Rome , sur les débris du trône ,
Élève un Temple dans ses murs.
Ta mort , qui te rend immortelle ,
Sera la honte ou le modèle
Des femmes des siècles futurs.

Quelle ardeur brutale dévore
Cet exécrable décemvir ?
A ses pieds Rome en vain l'implore
Pour la Vierge qu'il veut flétrir....
O Dieux ! du vautour frénétique
La colombe douce et pudique
Deviendra-t-elle le festin !......
Non ! non !... ton père , ò Virginie !
Vient t'arracher à l'infamie ,
En plongeant la mort dans ton sein !...

Voilà tes coups, Amour barbare !
Et le ciel serait ton berceau !!!...
Tu n'es sorti que du Ténare ;
L'erreur seule a fait ton bandeau.
Ma muse, aujourd'hui te l'arrache ,
Ce masque effronté qui te cache
Aux yeux des stupides mortels...
Le voilà , terre misérable !
Le voilà ! ce monstre exécrable
A qui tu dresses tant d'autels !

Entends-tu, dans sa chevelure,
Siffler les serpens d'Alecton ?
De ses yeux la prunelle impure
Roule les feux du Phlégéton.
Son sourire est sombre et farouche;

Le Cocyte a mis dans sa bouche
Tout le poison de ses marais ;
Et sur son dos informe et térne
Flotte un noir carquois , dont l'Averne
A forgé les horribles traits.

## A MADAME A. DE T...

**En lui dédiant l'Ode à l'Amour.**

Je connais deux Amours qui sont toujours en guerre ;
    Le premier est un vieux fripon
Né depuis six mille ans , qu'on nomme Cupidon ,
    Qui se réjouit à Cythère
De tous les maux qu'il répand sur la terre·
    C'est celui que je tance ici,
    Et que je peins en raccourci
    Dans cette Ode que vous dédie
    Une muse qu'assurément
    Vous allez trouver bien hardie

D'oser vous faire un si mince présent.

Le second est un jeune enfant

Qui ne reconnaît que vos grâces

Et ne quitte jamais vos traces.

Toujours tendre et toujours décent ,

Il borne ses désirs à vous voir , à vous plaire ;

Naïf , mais cependant prudent ;

S'il sait parler , il sait bien mieux se taire ,

Et la pudeur et le mystère

N'ont pas de plus sûr confident.

Pour cet Amour je le trouve charmant ,

Et me garde bien d'en médire :

Rien n'est plus doux , plus pur , plus chaste que ses feux;

De vous seule il tient son empire :

Vous le détrôneriez s'il n'était vertueux.

# ÉPITRE DE M. VALETTE,

### Ancien Garde-du-corps de Louis XVI, à l'auteur, en lui offrant sa traduction en vers de l'Imitation de J.-C.

—

O le plus doux , le plus aimable
  Des troubadours ,
Qui nous chantes les ris , les jeux et les amours
  Sur une lyre incomparable!
  Toi qui dans les heureux bosquets
   D'Occitanie ,
  As su cueillir tous les bouquets
   Dus au génie ,
  Chantre immortel de la gaieté ,
  *Charmante abeille des Cévennes* [1] ,
Gentil Lafont , pardonne à la témérité
  D'un vieux guerrier qui , pour , étrennes ,
   Du jour de l'an ,
   En bon croyant ,
  T'offre les œuvres surhumaines
  Du simple et sublime à-Kempis ,
  Mises en chants peu poétiques ,
  Mais cependant très-catholiques ,

---

[1] L'auteur a déjà publié d'autres poésies sous le titre d'*Abeilles des Cévennes.*

A l'usage de nos amis.
Je te les offre avec cette espérance
Que du Sauveur du genre humain
Suivant le précepte divin ,
Tu les liras , plein d'indulgence,
Et que ces vers , enfans d'infirmité ,
Jusques aux cieux s'élevant sur ton aile,
Déroberont une étincelle
Du feu qui t'a conduit à l'immortalité.

## RÉPONSE DE L'AUTEUR,

### A M. Valette

—

Oui , j'en conviens , la belle Occitanie ,
Féconde en enfans du génie ,
Dans ses jardins inspirateurs ,
M'a laissé cueillir quelques fleurs ;

Mais, malgré tout l'effort de mon amoureux zèle,
　　Elle se plaît toujours à me cacher
Le lieu mystérieux où fleurit *l'immortelle*,
　　　Que je lui voudrais arracher.
　　Jusqu'à présent, tout ce que je tiens d'elle
　　　N'est que misère et vanité ;
　　　Mais toi qui prends la vérité
　　　Pour ton guide et pour ton modèle ;
Toi qui pour nous tracer ses préceptes divins,
　　　Au plus charmant des Séraphins
As dérobé le feu dont ta verve étincelle ;
　　　Toi qui, sur une lyre d'or
Que te mit dans la main la muse du Thabor,
　　　Redis la sagesse sévère
　　　D'un livre unique sur la terre ;
　　　Toi qui vas être désormais,
　　　Par ce fruit de plus d'une veille,
　　　(N'en déplaise à Pierre Corneille)
　　　Le Thomas-à-Kempis français ;
　　Ami, du moins ta gloire littéraire
　　Ne sera point une belle chimère :
　　　Plus heureux que je ne le suis,
　　　Dans le livre que tu traduis
　　　En interprète si fidèle,
Ton génie a déjà cueilli cette *immortelle*
　　　Qu'inutilement je poursuis.

# LE MODÈLE DES MÈRES.

**A Céline , en lui offrant le poëme de l'Amour Maternel,
par Millevoie.**

—

O ! que mon âme est attendrie ,
Quand je te vois, Céline, auprès de tes enfans,
Respirant de leur souffle , existant de leur vie ,
    Borner ta gloire et ton envie
    A cultiver ces dons charmans
Qu'avec tant de richesse une nature amie
    A versés sur leurs jeunes ans !
En vain, pour t'attirer dans ses cercles brillans
D'un monde séducteur l'éternelle folie
    Agite ses grelots bruyans ;
Tu ne les entends pas : le bonheur d'être mère
A tout autre bonheur rend Céline étrangère.
    Toutes les grâces du printemps
Embellissent ce front que la pudeur colore ;
Dans le monde tu peux régner long-temps encore ;
    Tu peux y montrer des appas
    Rivaux de la Vénus d'Apelle ,
    Et qui feront dire tout bas
A mille admirateurs entraînés sur tes pas :
    » Est-ce un ange ? est-ce une mortelle ?
» Si ce n'est qu'une femme, elle est bien la plus belle. »

Oui, certes, tu le peux, mais tu ne le veux pas;
Tu fuis sans nul regret ce monde qui t'appelle :
Auprès de tes enfans et d'un heureux époux,
Un triomphe plus pur et mille fois plus doux
     A ta belle âme se révèle......
Céline, ah ! je le sens, ce livre t'appartient :
Je n'aperçois que toi dans tout ce qu'il contient,
En chacun de ces vers ta belle âme étincelle,
Et ce n'est que de toi que l'auteur m'entretient.
Sans le savoir, sans doute, il te prit pour modèle ;
Dans le monde idéal, c'est toi qu'il poursuivait ;
     C'est toi que sa muse rêvait.
L'auteur t'a devinée, ô charmante Céline !. .
Que n'a-t-il pu te voir !... bien plus heureux que lui,
Tous les jours près de toi, je peux, comme aujourd'hui,
De *l'amour maternel* contempler l'héroïne.

# ÉPITRE

## A Laure D... [1]

—

J'ai lu tes vers, admirable inconnue,
Dont j'ignore encor le vrai nom,
Deshoulière ou Sapho, de Bretagne, dit-on,
Au sein du *Couserans* venue
Avec un noble preux du pays de Milton
J'aime bien ta grâce ingénue,
J'aime ton tendre épanchement;
J'aime surtout cet enjouement
Qui s'échappe avec retenue,
En se voilant du sentiment
Comme l'éclair se voile de la nue.
J'aime ton *esprit féminin*
Qu'assaisonne un vrai sel attique;
Je l'aime, malgré la critique
Que ce sel, à demi malin,
Lance au pauvre esprit masculin.
J'aime ce doux éclat et ce parfum de rose
Dont tu pénètres toute chose;

[1] Elle est auteur d'une épitre sur l'*Esprit féminin*, d'une élégie sur la mort de *Flos*, son chien, et d'une hymne à la Vierge, sur la mort de sa fille. Ces deux dernières pièces doivent être étonnées de se trouver ensemble; mais chacune des trois est vraiment belle dans son genre.

*Flos* lui-même en est plein !... quel pouvoir est le tien,
    Si tu ne peux parler d'un chien
    Sans lui donner l'apothéose !
Oh ! je l'ai bien senti ; cet empire vainqueur,
    Sapho, te vient tout de ton cœur.
    En te lisant on commence à sourire,
    Mais l'instant d'après, l'on soupire ;
    Puis l'on se surprend à pleurer ;
    C'est bien plus que de t'admirer.
    Cédant à cette sympathie,
A mon tour j'ai pleuré les innocens appas
De l'enfant que la mort vint frapper dans tes bras,
Quand elle avait à peine essayé de la vie ;
    Quand tu comptais ses premiers pas ! ..
J'avais tort cependant : pourquoi pleurer un ange
Qui de ces lieux d'exil où tout passe, où tout change,
Où, fantômes humains, nous paraissons un jour,
S'en retourne immortel au céleste séjour ?...
    Quand secouant la poudre de ses aîles,
    Une colombe du Thabor,
Parmi des flots d'azur a repris son essor
    Vers les régions éternelles ;
En la voyant monter, chantons, battons des mains,
Et félicitons-la d'échapper à la terre,
A ce globe de boue où les tristes humains
    Rampent de misère en misère ;
    Mais plaignons ceux qu'elle y laissa ;

Plaignons ceux que cet ange aima ;
Plaignons aussi ceux qui l'aimèrent ,
Ceux qui si longtemps la pleurèrent ,
Et leur montrant le ciel ,  disons-leur . « Elle est là  »
Plaignons , surtout , plaignons la mère désolée
Qui sans cesse interroge un muet mausolée ,
Qui , d'un cri déchirant , sans cesse appelle , hélas !
   Sa fille qui ne répond pas ! ..
Et quelle mère encor !... j'ai bien su te connaître ;
De la voix de ton cœur j'ai deviné le son.
Oh ! je n'ai plus besoin de demander ton nom ,
Et chacun de tes vers révèle assez ton être.
Pas n'est besoin , non plus , de demander tes traits .
Les muses m'ont montré ta guirlande immortelle ,
   Et je vois la Vénus d'Apelle ,
  A genoux devant tes attraits.

# A LAURE.[1]

—

J'ai lu vingt fois la réponse de Laure ;
En ce moment je la relis encore ;
Je la relis sur les bords du *Salat* ,
( Pardon d'un nom si maussade et si plat ) ;
Et dans l'extase où me plonge ta muse ,
Laure , je crois être aux bords de Vaucluse ;
Mais franchement la Laure d'Avignon
Ne gagne point à la comparaison :
Puisant la vie aux vers de son poète ,
Par lui des temps elle a fait la conquête ,
Et ne paraît dans la postérité
Que sous l'éclat d'un mérite emprunté ;
Tandis qu'ici la Laure de l'*Yonne* ,
Brillant des feux de son propre flambeau ,
Aux doux reflets de sa belle couronne
Vient faire éclore un Pétrarque nouveau ,
Pour le sauver à jamais du tombeau.

[1] En répondant a l'Épître qui précède, Mme Laure D... m'apprit
en très-jolis vers qu'elle était, non pas Bretonne, comme je l'avais
cru, mais Bourguignonne, née a Auxerre (Yonne), et qu'elle avait
échoué deux fois aux concours de l'Académie des jeux floraux, etc.
Elle finissait en me demandant sur le ton d'une aimable plaisanterie
si, par hasard, je ne serais pas Gascon. Je répliquai par cette
Épître.

D'un si beau lot quand on est enrichie
Est-il permis, à te parler sans fard,
D'aller jouer à cette loterie
Que le vulgaire appelle *Académie* ;
Où les succès ne sont dus qu'au hasard,
Où l'intrigant a la meilleure part,
Où bien souvent ce qu'on gagne humilie ;
Où bien souvent ce qu'on perd glorifie ?
Muse d'Auxerre ou muse de Lesbos,
Dans tous les lieux, tu peux, aimable Laure,
Autour de toi créer des *jeux floraux*,
Et ton boudoir est le temple d'Isaure
D'où sortiront des lauréats nouveaux.
Si ton esprit n'est pas académique,
Il est divin, et cela vaut bien mieux ;
Pour mesurer ton essor poétique
Les *Mainteneurs* sont-ils montés aux cieux ? ..
Qu'il est puissant le souffle qui t'élève !
Il me pénètre, et je me sens l'élève
De ces accens que ton luth vole aux Dieux.
Du vieux Memnon ranimant la statue,
Tu viens lui rendre un harmonieux son ;
Il me suffit de t'avoir entendue
Pour retrouver ma voix dix ans perdue ;
Mais ce n'est pas cette voix de *Gascon*
Que tu me crois, belle muse d'*Yonne* :
Je ne suis pas un fils de la Garonne ;

Sur d'autres bords Dieu plaça mon berceau ;
Je ne sais pas où sera mon tombeau ;
En attendant je suis cosmopolite ;
Je vais et viens ; mon cœur choisit le gîte.
Ces jours derniers , je me trouvais *Breton* ,
Mais je me suis dépaysé bien vîte.
En ce moment je me sens *Bourguignon* ,
*Saint-Gironnais* , pour fort bonne raison ;
Et je retrouve en tout lieu ma patrie ,
Mon doux soleil , ma naissance et ma vie ,
Lorsque je lis des vers comme les tiens.
O volontiers , je t'immole les miens.

## A ADÈLE.

**Madrigal.**

———

J'ai dit adieu , vous le savez , Adèle ,
Aux faux plaisirs d'un monde séducteur.
Au bon chemin j'ai ramené ce cœur
    A la raison long-temps rebelle ;

Il est enfin réglé ; mais il n'est pas éteint ;
　　Et la preuve , c'est qu'il vous craint .
Votre perfection l'alarme , l'épouvante ;
　　Il voudrait vous voir des défauts ,
Et la nécessité de vous trouver charmante
　　Commence à troubler son repos.

## LA REINE DU BAL.

　　Au sein de ces groupes brillans ,
　　Ivres de danse et de musique ,
　　Cadençant leurs vifs mouvemens
　　Aux sons de l'archet électrique
Qui donne une même âme à tous en même temps ,
Je vois sous un costume élégant et modeste
Une Hébé qu'on prendrait pour une sœur des Rois.
Son corps qui fut formé dans un moule céleste

Se mesure avec quatre doigts ,
Et son charmant visage , ineffaçable , reste
Dans le cœur de celui qui l'a vue une fois.
    Jeunes et vieux , arrêtés autour d'elle
      Par un invincible lien ,
Se demandent tout bas : « En est-il de plus belle ? »
C'est la Reine du bal, mais elle n'en sait rien ;
Aussi sa royauté ne déplaît à personne ,
Et cédant comme nous à son charme vainqueur ,
Cet essaim de beautés dont la salle rayonne
      Vient à sa chaste couronne
      Ajouter chacune une fleur.

# Fleurs de mon Automne.

## A MA COLOMBE.

—

Colombe , mon joli trésor ,
Que je trouve toujours diligente et fidèle,
Vers le ciel du Poitou reprenez votre essor :
Céphise vous attend encor.
Portez-lui ces fleurs sur votre aîle ;
Mirez-vous , un instant , dans sa douce prunelle ,
En passant becquetez sa chevelure d'or,
Et revenez ici bientôt me parler d'elle.

# A MADAME LA COMTESSE DUCHATEL.

### Épitre.

—

Elle est et sera toujours belle ;
Elle a cette beauté que devinait Apelle ,
Quand il sauva Vénus de l'injure des ans.
Elle a cette beauté qui triomphe du temps ;
Universel pirate, il ne prend rien sur elle :
Du ciel qui la protège il respecte le sceau ,
Et s'il ose en fuyant l'effleurer d'un coup d'aile ,
     C'est un léger coup de pinceau
Qui ne peut altérer les charmes du tableau. —
    Dans tous les lieux où la Comtesse passe ,
Elle exhale un parfum de grandeur et de grâce ;
Elle y répand surtout le parfum du bienfait ;
C'est un astre qui glisse, en laissant son reflet.
Le bienfait de son âme incessamment ruisselle ;
Elle fait tant d'heureux qu'on ne peut les compter ;
Prodiguer le bonheur est un besoin pour elle ;
C'est une volupté que le ciel lui révèle ;
C'est le plus doux plaisir qu'avant d'y remonter ,
Dans l'exil d'ici-bas l'ange puisse goûter.
Aussi son nom est cher : toute voix le prononce ;
A chaque infortuné l'espoir tout bas l'annonce ,

Comme un dernier ami que lui garde le ciel.
Sur les lèvres ce nom est plus doux que le miel ;
Tendre écho des leçons du père et de la mère ,
L'enfant le mêle à Dieu dans sa jeune prière ;
Car les biens que Dieu verse à ce globe mortel ,
Pour arriver ici passent par Duchâtel.
Duchâtel ! nom sublime autant que populaire ,
Soleil dont la Saintonge et s'anime et s'éclaire ;
Ange-femme adorable ! on te trouve à la fois
Sous le chaume du pauvre , et sous le dais des rois.
Les rois !... au milieu d'eux tu vis comme en famille :
Ils t'ont associée à toute leur grandeur :
Une reine autrefois t'aima comme sa fille ;
Une reine aujourd'hui t'aime comme sa sœur.
Duchâtel se marie aux splendeurs de deux trônes ,
Comme ces diamans enviés avant tous ,
      Que les souverains sont jaloux
      De voir briller sur leurs couronnes......
Du vénérable époux qui rappelle Nestor,
Je voudrais bien chanter la longue et belle histoire ;
Mais quel Français ne l'a vivante en sa mémoire ?
      Je voudrais bien chanter encor
Cet illustre héritier de votre double gloire ,
Que Philippe à la France a donné pour Mentor ;
      Mais pour suivre dans sa carrière
      Ce nouveau géant de lumière

[1] M. le Ministre de l'Intérieur.

Qui toujours grandissant s'élève vers les cieux ,
Il me manque de l'aigle et le vol et les yeux.
      Mon vol timide et solitaire,
Dans l'ombre enseveli , rase toujours la terre.
        Ébloui de la majesté
        Qui dans ta famille rayonne ,
Et dont tu sais couvrir tout ce qui t'environne ,
        Ici je me sens arrêté ,
Et j'ai même besoin de te demander grâce
Pour ces légers éclairs de poétique audace
Inconnu Philistin dont la témérité
Dans un moment d'ivresse a touché l'*arche-sainte* ,
L'aspect de tes grandeurs m'a pénétré de crainte ,
Et je me réfugie au sein de ta bonté.

# LA JEUNE MALADE

## OU LES MISÈRES DE LA VIE HUMAINE.

**Ode élégiaque.**

—

Hélas ! sur ce globe odieux
    Qu'on appelle la terre ,
De quelque part qu'errent mes yeux ,
    Je ne vois que misère.
Peine de cœur , peine d'esprit ,
    Sans cesse hélas ! m'assiège .
Et le bonheur ne me sourit
    Que pour me tendre un piège .


Il fuit quand je crois le saisir ,
    Trompant ma soif avide ;
Mon insatiable désir
    Me laisse toujours vide.
Mon seul breuvage est le chagrin ,
    Je le bois , goutte à goutte ;
Il pénètre de son venin
    Tous les mets que je goûte.

Le plus doux des biens d'ici-bas ,
　　La santé m'est ravie ,
Et le mal ne se lasse pas
　　De tourmenter ma vie.
Assise comme un ver rongeur
　　Dans mon sein qu'elle mine ,
Hélas ! l'implacable douleur
　　Lentement m'assassine.


Il n'est plus pour moi de beaux jours ;
　　Pour moi tout est sans charme.
Mon plus doux sourire toujours
　　Est trempé d'une larme.
Au sein de la foule et du bruit ,
　　Je me sens solitaire ;
Au sein du jour je vois la nuit ,
　　La nuit que rien n'éclaire.


On me dit : « Pourquoi pleures-tu ,
　　» Vierge au printemps de l'âge ?
» Pourquoi sur ton front abattu
　　» Glisse un sombre nuage ?
» Pourquoi ce soupir prolongé
　　» Qui jamais ne s'achève ,
» Et cet œil qui semble plongé
　　» Dans le vague d'un rêve ? »

Et moi, je demande, à mon tour,
Pourquoi dans la nature
Le mal presse comme un vautour
L'humaine créature ;
Pourquoi la plainte retentit
Dans tout ce qui respire,
Et pourquoi lors même qu'il rit,
L'homme en secret soupire.

Quand au vent glacé des hivers
Tout rameau sèche et tombe,
Pourquoi les cyprès toujours verts
Poussent-ils sur la tombe?
Pourquoi dans ce monde léger
Qui sans cesse m'appelle,
Le plaisir est-il passager,
La douleur éternelle ?

« Mais n'as-tu pas de *vrais amis*
» *Ta maison toujours pleine ?*
» Auprès de toi Dieu les a mis
» Pour soulager ta peine.
» De l'amitié, fille du ciel,
» Sens au moins la présence,
» Et bois dans sa coupe de miel
» L'oubli de ta souffrance. »

Oui, j'ai des amis, une sœur,
  Un frère, autres moi-même;
Et puis, je garde au fond du cœur
  Une image que j'aime;
Mais mon mal désole en ces lieux
  La plus tendre des mères,
Et je suis attendue aux cieux
  Par le meilleur des pères!


Aux cieux, aux cieux vont mes soupirs,
  Aux cieux est mon remède;
Aux cieux montent tous mes désirs;
  Mon Dieu, viens à leur aide!
Le bonheur que je cherche en vain
  Sur cette triste terre,
Je le trouverai dans ton sein
  Où l'a trouvé mon père.

# LA SŒUR DE CHARITÉ.

—

Il est un être innocent de tout vice,
Qui sert le monde, et ne s'y mêle pas ;
Sa vie entière est un long sacrifice,
Un long dédain des plaisirs d'ici-bas.
    Le ciel l'anime d'un beau zèle
    Pour soulager l'humanité,
    Et sur cette terre on l'appelle
    *La Sœur de charité.*

Infortuné qu'on délaisse si vîte,
Dernier soutien, la Sœur te restera.
Tu n'as ni pain, ni vêtemens, ni gîte ;
Rassure-toi, la Sœur t'en donnera.
    Pauvres petits que sur la terre
    Le vice un jour jeta tout nus,
    Dieu vous donne la Sœur pour mère,
    Enfans, ne pleurez plus.

Tristes lépreux, effrayans cholériques,
Pestiférés qu'on chasse de tout lieu,
Mortels atteints de tous les maux physiques,
Entrez, sans crainte, entrez à l'Hôtel-Dieu.

L'ange qui dans ce lieu demeure
Vous y donne un saint rendez-vous,
La Sœur vous attend à toute heure ,
 Et son cœur est à tous.

Martyrisé par d'horribles tortures,
Pâle et sanglant, couché sur le grabat ,
Dès que la Sœur visite tes blessures ,
Tu souffres moins, n'est-il pas vrai, soldat ?
 Ah ! pendant que sa main te panse,
 Dis-lui les secrets de ton cœur ;
 Ne manque pas de confiance :
  Elle est bonne , la Sœur

Tes yeux tournés vers la terre chérie
Où Dieu plaça ton modeste berceau ,
Cherchent un père , une mère , une amie ,
Et devant toi déjà s'ouvre un tombeau !.. .
 Mais la Sœur pour toutes les peines
 Garde des paroles de miel ;
 Au bout des misères humaines
  La Sœur montre le ciel.

Oh ! qui dirait l'empire qu'elle exerce
Auprès du lit du pauvre agonisant !
Qu'il est puissant le charme qu'elle verse
Sur les terreurs de son dernier moment !

Éclairé par cet ange-apôtre,
Dans la tombe il ne voit qu'un port ;
Il passe de ce monde à l'autre ,
　　Et ne sent pas la mort.


Mais dans la guerre incessante et sublime
Que la Sœur livre aux maux du genre humain ,
De son amour héroïque victime,
Un jour , hélas ! elle succombe enfin......
　　Un jour en pleurs près d'une bière
　　On voit prier jeunes et vieux ,
　　Et sur un rayon de lumière
　　　　La Sœur remonte aux cieux.

# A LOUISE,

## Couturière, pauvre, souffrante et vertueuse

—

Dans un rang honoré Dieu ne t'a pas fait naître ,
Sous la main du malheur tu languis et tu sers ,
  Et le riche se dit ton maître.
Je m'honore pourtant d'avoir su reconnaître
Celle qui reste pure au sein des jours amers ,
Et je t'offre aujourd'hui le tribut de mes vers.
Tu le mérites mieux , sans ajouter *peut-être* ,
Que ces Grands dont le faste éblouit l'univers.
A leur suite jamais on ne m'a vu paraître :
  A peine ai-je chanté les Rois.
Jamais , non plus , brûlant d'un feu lâche et profane ,
Je n'ai de mon encens flatté la courtisane ,
Malgré son œil lascif, son effronté minois ,
  Et son nez à la Roxelane.
Toujours , avec dégoût , j'éloignai mon regard
De la coquette vaine , impudente et superbe ,
  Qui se pavane sur un char ;
Mais je cherche la fleur qui se cache sous l'herbe ,
  Et je goûte un charme inconnu
A brûler mon encens aux pieds de la vertu.

Quelque bas que soit son étage ,

Je suis fier de lui rendre hommage ;

Son dernier échelon est un trône pour moi.

Je l'aime faite à ton image ,

Louise , et je vénère en toi

La modeste et pieuse fille

Qui résiste au vice qui brille ,

Se garde sage en tout temps , en tout lieu ,

Et mange sans remords, en présence de Dieu ,

Le pain trempé de pleurs que gagne son aiguille. .

Sœur des anges, qu'ici retient un corps mortel ,

Parmi les fils d'Adam sur la terre exilée ,

Que ne puis-je mêler quelques gouttes de miel

A ce calice amer de la triste vallée ,

Que tu bois lentement en attendant le ciel !

Que ne puis-je arracher la couronne d'épines

Qui pèse avec tant de douleurs

Sur ce front que ma main voudrait couvrir de fleurs !...

Insensé ! qu'ai-je dit ? tes douleurs sont divines ;

Le Rédempteur t'en a fait don ,

Et je venais t'en plaindre !... ah ! Louise ! pardon !

# L'INNOCENCE.

**Épitre à Elisa et à Irma, sœurs jumelles.**

—

Sœurs qui nous offrez le modèle
D'une perfection si rare de nos temps,
Pardonnez-moi si je vous mêle
Dans l'hommage que je vous rends.
Jouet d'une douce méprise
Qu'en vous voyant chacun partagera,
Dans Irma je crois voir Élise,
Dans Élise je vois Irma.
Vous êtes deux produits d'une ineffable cause
Que par des nœuds secrets nature a su lier,
Vous êtes deux boutons de rose
Éclos d'un même souffle en un même rosier,
Deux sons harmonieux d'une charmante lyre,
Deux rêves gracieux nés dans un seul sommeil,
Deux reflets d'un même soleil ;
Deux anges descendus de l'éternel empire
Au sein du terrestre séjour,
Et que le ciel au monde a prêtés pour un jour.
Je vous trouve même sourire,

Même regard , et presque un même son de voix.
    Sur vos deux fronts également je vois
        Une auréole qui rayonne ;
        J'y vois la vertu qui vous donne
        Un trône que n'ont pas les rois.
        Sur ce beau trône héréditaire
        Vous êtes deux , vous êtes trois ,
    Vous n'êtes qu'une , et ce charmant mystère
        Est complété par votre mère.
Attributs naturels de votre Trinité ,
        La bonté , l'esprit et la grâce ,
        La sagesse et la vérité
Se peignent dans vos yeux , vos yeux vivante glace
        Où les anges mirent leur face ,
Et qui ne réfléchit que ce qui vient du ciel.
Comme votre regard votre voix est de miel ;
Ah ' c'est que tout est doux dans le fond de votre âme ,
        C'est que vous en êtes encor
        Au premier rêve de la femme ,
        Et que tous vos songes sont d'or.
A travers les écueils de ce monde perfide ,
Vous marchez sans terreur : la sagesse vous guide …
Rien ne trouble ici-bas votre cœur innocent ;
        Comme Aréthuse de Sicile ,
Toujours pur il traverse un impur élément ;
        C'est l'onde limpide et tranquille

Qu'un oiseau becquette en passant.
Je dis *becquette*, Irma ; car il est dans la vie,
Pour vous et votre sœur , aussi quelque chagrin :
Le trépas d'un joli serin,
Peut vous donner parfois de la mélancolie :
Vous savez qu'un moineau fut pleuré par Lesbie.
Un matin pluvieux quand on le veut serein ;
Un obstacle imprévu jeté sur le chemin ,
Un impertinent mal de tête
Dérangent quelquefois vos jolis plans de fête.
Une fleur peut mourir dans votre beau jardin ,
Vous pouvez en cueillant une rose vermeille ,
Sentir l'épine sous la main ,
Et quelquefois aussi l'ennui du lendemain
Vient se venger sur vous des plaisirs de la veille.
Élise , Irma , n'ayez jamais d'autre tourment ;
Cygnes mystérieux , voguez en paix sur l'onde ,
Voguez sans voir les pleurs qui coulent dans ce monde ;
Ne voyez que le ciel : il est votre élément.

# LE SOUVENIR.

**A Victorine.**

—

Non , jamais je ne l'oublierai ,
Toujours je le regrette , et toujours je le rêve
Ce bonheur fugitif qu'autrefois , dans Genève ,
    Auprès de toi je savourai.
    Fraîche et pure comme l'aurore ,
    Belle comme le mois de mai,
    Tendre fleur qui venais d'éclore ,
    Dès que je te vis , je t'aimai ;
    Après quinze ans , je t'aime encore.
    Je t'aimais sans me demander
Si c'était comme esprit , comme ange ou comme femme ,
Je te sentais régner dans le fond de mon âme ,
    Et je n'osais t'y regarder.
    Je t'aimais comme un beau mystère ;
    Ces noms d'amour et d'amitié
Dont on voile ici bas un sentiment vulgaire ,
Ne t'auraient peint du mien qu'une faible moitié
    Le nœud dont tu m'avais lié
    N'eut jamais de nom sur la terre.
    Je t'aimais comme on aime au ciel ;

C'était un sentiment pur , saint et sans mélange
C'était le feu sacré brûlant sur un autel ;
C'était un vierge Amour né du souffle d'un ange
Cependant, en voyant ce petit pied mignon ,
Charmant bijou que l'art envie à la nature ,
Et dont mainte Sylphide est jalouse , dit-on ;
En voyant cette main d'aussi joli renom ,
Cette main si doucette et si blanche et si pure,
Et ce tendre regard innocemment fripon ,
Et ces lèvres de rose où l'enfant Cupidon ,
Peut-être à ton insu , retrempait son armure ;
En voyant , en un mot , de tant d'attraits orné ,
Cet heureux corps qui sert d'enveloppe à ton âme ,
Je disais : « Victorine est un ange incarné ; »
Et quelquefois aussi je songeais à la femme.
Ce qu'alors je sentais , je le sens aujourd'hui ;
      Tu n'as pas cessé d'être aimable,
  Ni moi d'aimer ; en vain le temps a fui .
Ainsi que ta beauté mon cœur est immuable.
Désenchanté de tout , ce cœur t'aime toujours;
Au sein de mes débris debout ton trône reste :
    S'il est un terme aux terrestres amours ,
    Rien ne finit dans un amour céleste.

# ESTELLE.

## Prélude.

—

« Pour chanter la beauté d'Estelle ,
» M'ont dit quelques amis , qu'attendez-vous enfin? »
J'attends qu'un nouveau rythme à ma voix se révèle ,
Et qu'un archet céleste arrive sous ma main

J'attends que de tes yeux dont tout sent la puissance
Belle Estelle , un rayon descende jusqu'à moi ;
J'attends que dans mon cœur où ton règne commence
  Passe quelque chose de toi.

  J'attends que ton charmant sourire
  Éclaire mon soir ténébreux ,
  Et que les cordes de ma lyre
  Soient faites de tes blonds cheveux.

J'attends que quand ma main aura pressé la tienne,
Ta main tout doucement frémisse dans la mienne ,
Et que ton cœur ému monte jusqu'à mes doigts
  Pour me faire entendre sa voix

De tes charmes divins pénétrant le mystère ,
Alors j'oserai te chanter ,
Et de l'un à l'autre hémisphère ,
Tout se taira pour écouter
Des chants inconnus à la terre.

## A MADAME CATHERINE M...

### LE JOUR DE SA FÊTE.

—

Ici jeté par la tempête ,
J'y vis , inconnu passager ;
Mais s'il faut célébrer ta fête ,
Je ne me sens plus étranger.
Ce jour charmant me régénère ;
J'ai remonté le cours des ans ,
Et je prends pour fêter la mère ,
L'âge et le cœur de ses enfans.

Je m'unis de toute mon âme
Aux vœux qu'en ce jour solennel
Leur amour lance en traits de flamme
Jusqu'au trône de l'Éternel.
Dieu les entendra, je l'espère ,
Et des biens tous les jours croissans ,
Du ciel descendront sur la mère ,
Pour le bonheur de ses enfans.

Je t'apporte des fleurs nouvelles ;
J'aurais pu m'épargner ce soin :
Certes de présens aussi frêles
Catherine n'a pas besoin :
Sa famille est un vrai parterre
Où je vois des bouquets charmans ;
Les plus belles fleurs de la mère
Sont dans le cœur de ses enfans.

Près d'eux, pour toi tout a des charmes,
Ta peine même est un plaisir ;
Si parfois tu verses des larmes ,
Leurs baisers savent les tarir.
Avec eux vivant comme un frère ,
Que je voudrais être long-temps
Témoin du bonheur de la mère ,
Témoin du bonheur des enfans !

Vain souhait ! le malheur , mon maître ,
M'envie un aussi doux destin ;
Aujourd'hui, votre hôte , peut-être
Il faudra vous quitter demain ;
Mais en quelque lieu de la terre
Que je porte mes pas errans ,
Je chérirai toujours la mère ,
J'aimerai toujours les enfans.

## LA JEUNE MARCHANDE DE TABAC.

Du tabac ! ô Vierge angélique
Dont j'aperçois le bel œil noir
Qui brille au fond de ta boutique
Comme une étoile brille au soir.

Pesé par ta main blanche et fine ,
Ton tabac pour moi vaut de l'or.
Pèse-m'en , belle Célestine ,
O ! pèse , pèse, pèse encor !

Mon cœur est tout dans ta balance ;
Célestine ! entends comme il bat !
Pour lutter contre ta puissance ,
Je suis un bien faible soldat.

Le tabac pesé , je l'allume
Au feu qui jaillit de tes yeux ;
Et sur ma lèvre qui le fume
Je sens déjà l'encens des Dieux.

Et cette odorante fumée
D'un encens pris sur ton autel ,
Comme les parfums d'Idumée ,
Monte en flots d'argent vers le ciel.

Il y monte avec ton image ,
Il y monte avec mes soupirs ,
Avec ces *regrets* qu'à mon âge
Le cœur garde au lieu des désirs

Ah ! si je t'avais rencontrée
Quand je faisais des rêves d'or ;
Quand voyageur de l'Empirée ,
J'y planais d'un immense essor ;

Quand de ma nef livrant la voile
Au souffle d'une douce erreur ,
Je cherchais d'étoile en étoile
La beauté que rêvait mon cœur!

A tes pieds roulant les nuages,
Dans le sein des célestes plages
J'aurais fait trôner ta beauté ;
J'aurais soumis à ton empire
Le cœur du poète et sa lyre ,
Et rien ne serait *regretté.*

## HIER.

### A Céline et Anna.

Couple brillant de beautés et de grâces
Qui dans l'hiver me montrez deux printemps ;
Hier , près de vous , j'ai brûlé sous les glaces ,
Et vous m'avez rajeuni de vingt ans.

J'ai palpité devant votre sourire ,
J'ai tressailli sous l'éclat de vos yeux ;
Céline , Anna , tout âge a son délire ;
Je le vois bien, le cœur n'est jamais vieux.

Après vingt ans , je renais de ma cendre ;
En vous voyant je sens que j'aime encor ;
A vos genoux je peux encore répandre
Des flots de flamme et des paroles d'or ;

Car vous m'avez hier fait une autre âme ,
Et ce bonheur que j'avais tant rêvé,
Que si long-temps j'attendis de la femme ,
Il me semblait hier l'avoir trouvé.

J'ignore encor celle que je préfère ;
Celle pour qui mon cœur parle tout bas,
Depuis hier , pour savoir ce mystère,
Je l'interroge ; il ne me répond pas.

Mais après tout , que me fait son silence ?
Je veux aimer et ne veux point choisir :
Heureux jouet d'une douce ignorance ,
Entre vous deux errera mon désir.

Il errera!... je me trompe moi-même ,
Car si demain , l'une de vos deux voix
Venait me dire à l'oreille : *« Je t'aime. »*
Mon cœur , demain , m'instruirait de mon choix.


*Demain* ! mais quoi ? *demain* est-il à l'homme ?
Il nous fuira , comme *hier* nous a fui ;
*Hier* et *demain* sont un double fantôme :
Anna , Céline , aimons-nous aujourd'hui !


*Hier* , près de vous , que l'heure passa vite !
Le temps coulait ; je ne le sentais pas ;
Mais il fallut quitter le divin gîte ,
Et le regret se traîna sur mes pas.


Sous le soleil comme tout s'évapore ,
Et du bonheur que les momens sont courts !
Le plaisir meurt souvent avant d'éclore ;
La douleur seule hélas ! dure toujours.


Dans cet exil qu'on appelle la vie ,
Toujours le deuil suit de près le festin.
Le soir , l'amour nous versait l'ambroisie ,
Et nous buvons des larmes , le matin.

L'espoir , dit-on , reste au fond de la coupe ;
Mais cet espoir lui-même doit tarir :
La pauvre fleur que la faucille coupe
Ne renaît plus au souffle du zéphir.

Il est une heure où la douleur s'oublie ;
Heure d'ivresse et de ravissement ;
Cette heure hélas ! c'est l'*oiseau d'Arabie*
Qui ne renaît qu'une fois dans mille ans

Le voyez-vous cet oiseau qui s'élève
Étoile ailée , et disparaît dans l'air ?
Céline , Anna , c'est la fin de mon rêve ;
C'est le bonheur que je goûtais *hier*

# A CÉPHISE.

**Le lendemain d'une soirée où elle avait joué le rôle d'Euridice, sur un théâtre de famille.**

—

Il est une beauté dont le moule est aux cieux ,
Beauté de tous les temps et qu'on cherche en tous lieux;
Que , même quand on veille , on poursuit dans un rêve
Qui toujours recommence et jamais ne s'achève
    Il est un œil , noir ou bleu , qui nous luit
        Comme une étoile dans la nuit ;
Un être rayonnant qui devant nous se lève,
        Paré de magiques attraits
Qu'un langage mortel n'exprimera jamais.
C'est la beauté sans pair , la beauté sans rivale ;
C'est la perfection que l'on nomme idéale ;
C'est la fille du ciel, du soleil et de l'air ,
C'est l'ange , la péri , la sylphide , la fée ,
Ange-femme , c'est toi !... toi que je vis hier ,
Sous le voile et le nom de l'épouse d'Orphée.
Dès que l'on t'aperçoit , le rêve est achevé ,
Et l'on retrouve en toi tout ce qu'on a rêvé.

                       **7**

Je te vois régner sur un trône
Où jamais femme ne monta ,
Et la beauté que ma muse chanta
N'est qu'un reflet de ta couronne.

## A MON ANGE.

**Mélodie.**

—

Vierge des orages du monde ,
Un jour calme , suave et pur
Dans tes yeux luit , comme dans l'onde
Se reflète un ciel tout d'azur.

Ton regard charmaut me découvie
Les beautés d'un autre univers ,
Et lorsque ta paupière s'ouvre
Je vois de nouveaux cieux ouverts.

Quand sur tes lèvres vient d'éclore
Le sourire frais et vermeil ,
Ta bouche ressemble à l'aurore
D'où s'échappe un jeune soleil.


L'iris , le saphir et l'opale ,
L'or , la topase et le rubis ,
Avec la perle virginale ,
Étincellent dans ton souris.


Pour moi , lorsque ta voix résonne ,
Tout s'anime et parle à la fois ;
Mais dans ce bruit qui m'environne
Je n'entends que ta seule voix.


Pourtant , ta voix , céleste gamme
Qui contient tous les sons pour moi ,
N'est qu'un des sons que rend ton âme ;
Ta voix n'est qu'un écho de toi.


Et ce regard et ce sourire
Qui m'apportent des visions
Que ma langue ne peut décrire ,
Ne sont que deux de tes rayons.

Si tu montrais ton âme entière    !
Aux yeux du profane mortel,
Il comprendrait par ta lumière
Celle du soleil éternel.


Mais non, sois toujours un mystère
Pour ce siècle qui vaut si peu.
Glisse invisible sur la terre,
Ange né du souffle de Dieu.


Ne soulève jamais le voile
Qui cache au monde tes appas,
Et fuis-le comme cette étoile
Que l'œil poursuit et n'atteint pas;


Car dans ses délires étranges,
N'écoutant ni pudeur, ni frein,
Le monde profane les anges
Qui s'arrêtent sur son chemin.


Ne démens point ton origine,
Garde le trône où je te voi;
Garde l'auréole divine
De la beauté que j'aime en toi.

# TU SERAS REINE, TOI !

**Epitre à Clémence, en soirée chez Mme B..., à Civray.**

———

D'autres vanteront cet esprit
Qui jamais ne s'épuise et dont tout s'embellit,
Vrai parterre paré de fleurs toujours nouvelles,
  Et qui toutes sont immortelles ;
Vrai fleuve dont le cours se déroule en splendeurs ;
Fleuve toujours limpide où le ciel se reflète
  Avec d'ineffables couleurs
Qui font le désespoir du peintre et du poète ;
Fleuve qui donne une âme aux sites d'alentour,
  Féconde tout sur son passage,
  Et jette au cœur du troubadour
  Qui le voit couler du rivage,
  Des vagues de gloire et d'amour.
  D'autres célébreront encore
  Cette voix, brillant météore
  Que l'oreille révèle aux yeux ;
  Fraîche et vierge comme l'aurore,
  Comme une fleur qui vient d'éclore,
  Comme un premier rêve amoureux ;

Cette voix qui tantôt et rapide et sonore,
Imite du clairon le rythme harmonieux ;
Tantôt, en sons mourans, dans les airs s'évapore,
Comme un dernier soupir que rend l'orgue pieux,
Comme un écho divin qui s'en revient aux cieux.
Ils peindront l'auditeur qui tressaille ou se pâme,
A ces accens nouveaux, pleins de vie et de flamme,
Immobile écoutant une céleste voix
Qui se révèle à lui pour la première fois ;
Son âme suspendue aux lèvres d'une femme,
Palpitant tour à tour de douleur, de plaisir ;
Et celui qui jamais ne s'était trouvé d'âme,
Se réveillant enfin, étonné de sentir.

      Ce pouvoir est vraiment magique,
       Tout le sent, et Dieu seul l'explique ;
Oui Dieu, qui l'a créé, peut seul le définir.
     Moi, cependant je connais et j'adore
       Un prodige plus grand encore :
Je célèbre Clémence au cœur modeste et bon,
Qui pour qu'une autre brille, à tout moment s'efface ;
Et, redoutant l'éclat comme une trahison,
Pour ses perfections semble demander grâce ;
       Qui tremble au moindre compliment,
       Et rougissant d'être applaudie,
       Doute encore de son talent,
       Quand tout le monde le publie.

Oui, Clémence, nos cœurs entraînés sur tes pas

    Dans ton talent reconnaissent leur maître ;

Partout on le couronne, et tu n'y songes pas.

Tu seras Reine, toi ; car tu ne veux pas l'être ; —

*Reine* de tous les lieux où l'on te voit paraître,

Tu le seras aussi des Reines de Civray [1],

Dont le règne est pourtant aussi joli que vrai.

    Ces gracieuses souveraines,

Qui dans ce doux pays éclosent en tout temps,

    Comme les roses au printemps,

Devant toi je les vois arriver par dixaines :

Ces Reines de Saba viennent dans ce salon

    Rendre hommage à *leur Salomon.*

    Devant toi chacune dépose,

    En souriant, sa couronne de rose.

    Toutes viennent à tes genoux

    Pour te dire : « Régnez sur nous ! »

    *Toutes !...* Pourtant il en est une

Que je voudrais sauver de cette loi commune ;

Car c'est ma Reine, à moi, qui ne peux, ni ne veux,

    En aucun temps, en avoir deux.

    Reine paisible et solitaire,

---

[1] Il y avait à Civray, tous les quinze jours, une fête charmante, présidée par une *Reine* et un *Roi* renouvelés de quinzaine en quinzaine. On conçoit la foule des *Reines* que cet usage avait fait naître. On en trouvait à chaque pas. Nous ne parlons pas des *Rois* : ils n'étaient là que les premiers vassaux de la beauté couronnée.

Elle possède un trône à part.
Dans le monde elle vit comme en un sanctuaire,
Et ne paraît jamais au profane regard
    Qu'en se voilant de grâce et de mystère.
        Son parler, doux comme le miel,
        Quoiqu'elle habite encore sur la terre,
        Rappelle les choses du ciel.
Dans nos cercles rians parfois on la rencontre;
        Peut-être même est-elle ici;
Peut-être je pourrais te dire : « La voici! »
Mais la chaste beauté ne veut pas qu'on la montre;
        Et je ne la montrerai pas :
Non moins qu'elle mon cœur me le défend tout bas.
Les anges te diront comment leur sœur s'appelle;
Mais tu n'as pas besoin de connaître son nom;
Tu la devineras; car tout diffère d'elle;
Et puis, sans le vouloir, un ange se révèle;
La voix qui vient du ciel se trahit par le son;
La colombe, en repos, laisse encor voir ses ailes.
D'ailleurs, le même peintre a dessiné vos traits;
Sur des moules divers vos êtres furent faits;
Mais du *beau* toutes deux vous êtes les modèles;
    Oui toutes deux vous êtes belles
    De la beauté qui ne passe jamais.

# LE DÉPART.

### Élégie à Céphise.

—

Adieu, Céphise, adieu!... Demain, il faut partir ;
Demain, s'ouvre le jour de l'éternelle absence,
Demain je serai seul avec le souvenir,
Demain je perdrai tout, tout jusqu'à l'espérance !
      Le sort qui depuis si long-temps
      Me roule d'abîme en abîme,
      A de plus horribles tourmens
      Réserve encore sa victime.
Je vais je ne sais où ; je vais où Dieu voudra ;
Mais que dis-je ? d'ici, mon corps seul partira,
      Et je laisse avec toi cette âme
Que Dieu pour mon malheur fit d'un rayon de flamme
O Céphise ! partout où la tienne vivra,
      Désormais mon âme sera ;
      Car elle a coulé dans la tienne,
      Et ton âme est sœur de la mienne.

. . . . . . . . . . . . . .

Innocent et timide, avec un léger bruit,
      Tantôt papillon, tantôt mouche,

Tu m'entendras errer la nuit,

Autour de ta modeste couche,

Et voler, en passant, des sons d'ange à ta bouche,

Pour demander à Dieu que tes songes soient doux;

Que du ciel ils descendent tous,

Et qu'ils versent au cœur de Céphise endormie,

L'oubli des maux de cette vie!

Et quand aux rayons du matin

Se rouvrira ta charmante paupière;

Quand aux pieds du Thabor, quand aux pieds du Calvaire,

Tu viendras raconter ta joie ou ton chagrin

A ce Dieu qui fut notre frère;

Si le souvenir d'un ami

Vient se mêler à ta prière,

Si ton front incliné se détourne à demi,

A genoux, près de toi, tu me verras derrière,

Et ma voix te dira : « Céphise, me voici. »

Et le jour, quand, à l'heure où l'esprit se délasse,

Tu reverras les lieux que je vis avec toi,

Si près de toi tu sens comme une ombre qui passe,

Si ton œil voit un pas imprimé sur ta trace,

L'*ombre* et le *pas* ce sera moi,

Moi, toujours;... Moi partout!... S'il me reste un espace,

S'il est un siége vide à côté de ta place,

Céphise, ton ami toujours le remplira;

Visible pour toi seule, il sera toujours là!..

Mais si pendant un soir d'automne ,
Tu vois soudain ta lampe s'obscurcir ;
Involontairement si ton âme frissonne ;
Si dans l'air ton oreille entend des voix gémir ;
Si tu vois tout-à-coup paraître en ta demeure
Un grand fantôme en deuil , qui te regarde et pleure ;
Alors enveloppé dans la fatale loi ,
J'aurai compté ma dernière heure ;
Alors tu prieras Dieu pour moi.

## A LA MÊME

**En lui envoyant quelques-unes des poésies qu'on vient de lire.**

—

C'est près de toi , charmante amie ,
C'est dans le céleste lien
Qui m'attache à toi pour la vie ;
C'est dans un monde aérien
Créé par ta seule magie
Que j'ai cueilli les fleurs de cette poésie.
Mon esprit, lampe morte où ne luisait plus rien ,
S'est régénéré dans le tien.
Il a pris à ta voix sa douce mélodie ,
A ton souffle si pur ses parfums d'ambroisie ,
A ton sourire sa candeur ,
A tes yeux ce feu créateur
Qui l'éclaire et le vivifie.
Lorsque tu m'apparus sur ce globe mortel ,
J'appris en t'écoutant comme on parlait au ciel ,
Et mon luth répéta les paroles de l'ange.
Je te rends aujourd'hui ces échos de ta voix ,
Que je t'ai pris pendant trois mois...
Trois mois venus des cieux , âge d'or du poète ,

Est-ce donc sans retour que je vous ai perdus ?
Est-ce en vain que je vous regrette,
Et ne vous reverrai-je plus !....
Je vous revois hélas ! dans le fond de mon âme ;
Et votre image y restera
Jusqu'à l'heure où la mort viendra
De mes jours détruire le trame
Et rendre à l'Éternel l'esprit qu'il me donna.
Tourment délicieux de mon âme flétrie ,
Ce souvenir enchante et désole ma vie ,
Et quand à mes regards un magique pinceau
Vient des jours du Poitou retracer le tableau ,
Si je souris à ces traits pleins de charmes ,
Mon sourire toujours est humide de larmes.
Hector , Zoé , Céphise ! ô noms cent fois chéris !
Prenez, prenez, charmans amis !
Ces fleurs, triste adieu du poète,
Et goûtez dans la vie une éternelle fète.
Pour moi , trahi dans tous mes vœux,
Brisé comme un roseau par l'horrible tempête ,
Moi qui rassemble sur ma tête
Autant de maux que de cheveux ;
Moi, pour qui du bonheur l'ombre même est passée ,
Moi, que tout déshérite et qui suis seul ici ,
Je garde pour bouquet , le *cyprès* , la *pensée* ,
*L'épine de la rose* et *l'immortel souci.*

# LES RIRES DE NINETTE,

## OU LA PHILOSOPHIE D'UNE FEMME.

**Épitre à Madame N\*\*\* B.\*\*\***

« Je tâche de tourner le vice en ridicule,
« Ne pouvant l'attaquer avec des bras d'Hercule »
( LAFONTAINE )

Oh ! que j'aime à te voir ! oh ! que j'aime à t'entendre,
  Charmant philosophe en jupon !
Que j'aime à ranimer mon âme à ton rayon,
Astre que sur mon soir le ciel a fait descendre,
  Pour éclairer mon horizon !
En toi, tout est esprit, tout est grâce et raison.
Drame, histoire, roman, vers, musique, peinture,
Les chefs-d'œuvre de l'art, et ceux de la nature,
Les lauriers de la gloire, et les fleurs du plaisir,
Ninette comprend tout, et sait tout embellir.
Mais parmi les trésors de ton heureux génie
  Qui m'inonde de ses éclairs,
J'aime, j'aime surtout cette philosophie
Qui nargue de si haut le néant de la vie,
  Et fouette en riant les travers
  Des fous qui peuplent l'univers.
Dans ce vaste hôpital de la nature humaine,
Démocrite nouveau, ta gaîté se promène,

En criblant tous les fronts de son rire moqueur ;
Mais ton sexe surtout, le premier mis en scène
　　Alimente ta belle humeur.
Tu ris de cette prude étalant la pudeur ,
Qui nous jette toujours ses vertus au visage ,
Et partout fièrement se pose la plus sage ,
　　Parce que sa triste laideur,
A quarante ans passés , vierge encor d'un hommage ,
N'a pu dans aucun temps trouver d'adorateur.
Tu ris de la beauté niaise qui se fâche
　　D'un propos galant de bon ton ;
　　Mais qui s'enflamme tout de bon
　　Pour quelques flocons de moustache
　　Descendant du nez au menton.
Tu ris de la Phryné qui se coiffe et s'arrange
De tous les soupirans trouvés sur son chemin,
　　Fugitive lettre de change
Que Pierre avait hier , que Paul aura demain,
　　Qu'on se passe de main en main ,
　　Et qu'on laisse enfin dans la fange.
Tu ris de cette femme à l'œil vague et rêveur,
Entassant les romans dans sa cervelle nue ,
　　Et qui sur un char de vapeur ,
　　Monte et s'égare dans la nue,
Tandis que d'ici-bas on la montre du doigt ,
En plaignant ses enfans qu'à peine elle aperçoit.

Tu ris de cette Agnès, pauvrement ridicule,
Qui dit justement *oui*, quand il faut dire *non*,
Qui joue au *pigeon vole*, et même au *corbillon*,
Mais trouve dans ces jeux les colonnes d'Hercule,
Et voit finir le monde aux portes du salon.
Tu ris de ces caquets stupidement frivoles,
Sans but et sans objet sans cesse renaissans,
Étourdissant chaos de cris et de paroles
   Où vainement l'on cherche un sens. .
   Pour payer tribut à ton rire,
   Enfin l'homme arrive à son tour :
Tu ris du vieux barbon qui se pâme d'amour,
Sans qu'on puisse savoir s'il râle ou s'il soupire.

  Tu ris aussi de ces blancs-becs dandys,
De sottise, de vin, de volupté nourris,
Niais jusqu'à penser que la femme s'achète,
   Et qui jamais n'ont senti, ni compris
   Que ce que l'amour a de bête.
   Tu ris du nain qui singe la grandeur,
   Du malotru qui tranche du seigneur,
   De l'arbrisseau qui se croit un grand chêne.
Tu ris du pauvre peuple enchaîné par les rois,
   Qui prend des liens pour des droits,
Et se proclame libre en nous montrant sa chaîne,
   Tu ris... de quoi ne ris-tu pas?
Pour tes menus plaisirs, les fous sont ici-bas

Cependant tu n'as pas encore ouvert ma loge ;
Tu me l'as dit au moins ; c'est mon meilleur éloge ;
        C'est que, vois-tu , par un rare bonheur ,
Mon cœur s'est rencontré le frère de ton cœur ;
            C'est que mon âme de poète
Réfléchit tes rayons en docile planète.
Pourquoi briserais-tu le fidèle miroir
            Où , quand tu veux , tu peux te voir ?
Il est pourtant un point où de toi je diffère :
Quand des choses du ciel tu veux percer la sphère ,
Ton vol , à mon avis , prend trop de liberté.
            En agitant la grande affaire
            Du temps et de l'éternité ,
            Un jour tu m'as épouvanté :
J'ai cru voir mon soleil égaré dans sa route ,
Se voiler un instant des ténèbres du doute ;
            Mais c'était un jeu concerté ,
Un simple jeu d'esprit ; car cette femme prie ,
            Et j'ai vu sa tête jolie
            Inclinée au pied des autels ,
            Parmi la foule des mortels.
Et puis , ses jours sont purs, et sa vie est l'image
D'un limpide ruisseau qui coule sans orage.
De tout devoir son cœur respecte le lien ;
Il n'est certainement point de mère , ou d'épouse
Qui de lui ressembler ne doive être jalouse,

Pour devenir femme de bien.
Encore un pas , Ninette , et ton cœur est chrétien.
Ce pas , tu le feras : la foi vient à son heure.
Étrangère ici-bas , plus haut est ta demeure ;
Ton trône est resté vide au royaume éternel ,
    Et Dieu ne veut pas que l'on pleure
    Un ange de moins dans le ciel.

# EPITAPHE

**Pour Augustine J..., décédée à l'âge de vingt ans.**

A peine elle effleurait la coupe de la vie ,
Et sous sa lèvre en feu la coupe s'est tarie.
    Hier , déployant ses ailes d'or ,
    Augustine , blanche colombe ,
Vers le ciel, sa patrie , a repris son essor.
Ne la demandez point , passans , à cette tombe ,
    Et surtout ne la plaignez pas :
Ame que tant de soif tourmentait sur la terre ,
A la source du bien elle se désaltère ;
Mais plaignez, plaignez ceux qu'elle laisse ici-bas ;
    Plaignez surtout son pauvre père.

# L'APPARITION.

## A Séphora.

—

Toi , qui , dans une nuit de la pâle Saintonge ,
M'apparais , comme un ange au milieu d'un doux songe
    Qu'on ne voudrait pas voir finir ;
    De quelque nom que tu t'appelles ,
Noble fille du ciel , ou Reine des mortelles ,
    Tu vivras dans mon souvenir ,
Et tu vas rayonner sur tout mon avenir.
    Tu seras désormais l'étoile
De mon frêle vaisseau dont l'horrible ouragan
A fracassé le mât et déchiré la voile ,
Aux jours où je voguais de volcan en volcan.
Dans ton être où tout est et miracle et magie
Je viens de retrouver la source du vrai beau
    Qu'ici-bas je croyais tarie.
Tu repeuples pour moi le désert de la vie ,
Et tu me fais renaître aux bords de mon tombeau.
Je vis depuis hier dans un monde nouveau
    Qui s'anime de ton image....
    Sous un ciel pur et sans nuage

Je vois luire de toute part

Et ton sourire et ton regard ;

Et pour moi chaque son reproduit ton langage.

Parole ou chant, ta voix prodige surhumain,

Va résonnant partout comme un écho divin ;

Et pendant que mon cœur l'écoute,

Je me demande avec chagrin

Si cette voix de séraphin

Descendue à regret de la céleste voûte

N'y remontera pas demain...

Arrête encor ton vol, bel ange, je t'en prie !

Je vois bien que le ciel est ta seule patrie,

Mais n'y reviens pas de si tôt ;

Divine Séphora, si l'on t'attend là haut,

Songe que je t'ai vue à peine sur la terre,

Que si tu disparais, elle est vide pour moi,

E tque je n'y cherchais que toi.

Ame, souffle céleste, essence de lumière,

Qu'un corps charmant de femme enferme prisonnière,

Oh ! ne va pas t'évaporer,

Semblable à l'image légère

D'un bonheur idéal, énivrante chimère,

Qu'on ne cesse de désirer,

Et qui se montre à nous pour nous désespérer.

## A EMMA.

—

On l'appelle grisette ; elle est plus qu'une reine.

Un préjugé , sot autant que bizarre ,
    Te prive des honneurs du rang.
Et dans sa vanité le monde te sépare
    De tout ce qu'il appelle grand.
Pourtant , Emma , le sang qui coule dans tes veines ,
Et nuance les lys de tes chastes appas ,
Est bien le même sang dont sont faites les reines ;
Dans tes veines , du moins , il ne se corrompt pas.
    Avec la femme , sur le trône
Le vice et la laideur ont trop souvent monté ;
    Mais toi , tu portes la couronne
    De la vertu comme de la beauté.
    En dépit du nom de grisette
Que te jette en passant la superbe étiquette ,
Moi , j'aperçois toujours un trône où tu t'assieds ,
Et dès que sur ta bouche éclot le doux sourire ,
    Je ne vois plus que ton empire ,
    Et je mets le monde à tes pieds.
Sur ton front cependant ce n'est pas l'or qui brille :
    Ta couronne n'est que de fleurs ,

Et tu n'as qu'un bandeau brodé par ton aiguille ;
Mais tu sais le secret de régner sur les cœurs.
Beau lys de ce vallon , ange de la chaumière ,
    Dans ta maisonnette je vois
De toutes parts courir des reflets de lumière
    Qui manquent au palais des Rois ;
    Et ces reflets qui de tes yeux descendent
    Plus purs que l'aube d'un beau jour ,
Sans blesser l'innocence , autour de toi répandent
    La grâce , la vie et l'amour.
Leur magique pouvoir , à mon tour me pénètre :
Je rallume mon soir à tes yeux flamboyans ;
    Près de toi je me sens renaître ,
    Près de toi je n'ai que vingt ans....
Ah ! je pourrais t'aimer comme on aime à cet âge ;
    Dans une âme toute de feu
    Je peux réfléchir ton image ;
    Mais toi, de cet étrange hommage
    Ne te ferais-tu pas un jeu ?
Toi, printemps radieux , et moi , mourant automne ,
    Quel lien pourrait nous unir ?
Mon cœur est jeune encor ; mais ma tête grisonne ,
Et Flore ne vient pas demander le Zéphir
Au stérile sommet du volcan qui bouillonne ,
Quand la neige déjà commence à le couvrir.

# LA VIEILLESSE DU SAGE.

### Épitre à M. de M. C..

Ami, j'ai reconnu le pouvoir de ta voix,
Et je découvre, aux vers que tu viens de m'écrire,
Par quel art tu sus autrefois
A la cour d'Apollon obtenir tant d'empire.
Cet art chez toi n'a point vieilli,
Et ce nouveau bouquet que ta muse a cueilli
Aux bords rians de l'Hippocrène
M'annonce qu'elle est toujours reine,
Et que son sceptre a refleuri.
En voyant les lauriers dont ton front nu se pare,
Et la rose qui croît parmi tes cheveux blancs,
Je crois apercevoir la muse de Lafare
Qui rayonnait, à soixante ans,
De tous les attraits du printemps.
Lorsqu'en si jolis vers, ami, tu viens m'apprendre
Que ton cœur s'est éteint pour avoir trop aimé,
Le mien commence à croire, et surtout à comprendre
Qu'à l'autel du soleil le Phénix consumé
Puisse renaître de sa cendre.

Ne te plains pas de tes vieux jours ·
Il existe , aimable poète ,
Plus d'une alliance secrète
Entre un vieillard et les Amours
Souvent les folâtres bergères ,
A l'ombre de l'antique ormeau ,
Vont chercher les danses légères ;
Et sur les branches séculaires
On voit nicher le jeune oiseau.
D'ailleurs à ton âge commence
Une plus vraie et plus belle existence.
Le ciel de la vieillesse est paisible et serein
J'aime mieux les rayons dont un doux soir se dore
Que les reflets trompeurs dont la riante aurore
Fait étinceler le matin.
Car le matin , ce n'est que l'espérance ,
Ce n'est que le trésor qu'on attend de demain ,
Et qu'on attend souvent en vain ;
Mais le soir , c'est la jouissance ;
C'est le moissonneur qui s'assied ,
Et qui compte les fruits de l'année expirante . .
Le matin , c'est l'herbe naissante
Que naguère en passant il foula sous son pied.
Le soir , c'est le regard qu'au bout de sa carrière
Le sage rejette en arrière
Pour mesurer la voie où son pied s'est lassé ;

Regard qui fait jaillir des ombres du passé
Des flots de vie et de lumière
Sur le temps au vieillard laissé.
Le soir , on reconnaît le néant de la vie ;
On réduit à zéro tout ce qui reste au fond ,
Et de ce que les hommes font
On rit sans haine et sans envie.
Le soir on nargue et l'on défie
Le sort qu'on invoquait le matin en tremblant :
L'illusion , en s'envolant ,
Nous laisse la philosophie.
Voilà ton sort ; il est bien beau.
Sur les hauteurs de ce monde nouveau
Heureux si je pouvais et monter et te suivre ,
En m'éclairant de ton flambeau !
Oui , vieillir comme toi, c'est réellement vivre ;
Vieillir comme moi , c'est mourir ,
Mourir à tout moment de la mort du martyr !...
Garde-toi de croire à mon rire :
Hélas ! quoiqu'un léger zéphire
Caresse en se jouant la surface des mers
Lorsque l'aquilon se retire ,
Les flots ne sont pas moins amers ;
Et le sein de l'abîme affamé de naufrages
N'alimente pas moins la fureur des orages ,
Et les feux de la foudre , effroi de l'univers.

8

De l'abîme je suis l'image :
Si la gaieté sur mon visage ;
Zéphir vivant parfois vient se poser ,
Dans mon âme toujours agitée , inquiète ,
Gronde une éternelle tempête
Que Dieu seul peut entendre , et seul peut apaiser.

## A L'AUTEUR.

Parmi ces fleurs comment choisir ?
Comment nommer la plus jolie ?
Il faudrait toutes les cueillir
Pour éviter leur jalousie.
Soyez plus fier de leur couleur ,
Soyez heureux de les chanter encore :
Pour tout plaisir , pour tout bonheur ,
J'aurais voulu les faire éclore.

A. L.***

## RÉPONSE DE L'AUTEUR.

—

Bel Ange , couronné de grâce et de génie ,
    Femme que la mythologie ,
    Défunte , hélas ! depuis vingt ans ,
Eût prise pour la sœur du Dieu de l'harmonie ,
    Ou pour la reine du printemps ;
    Grand merci de ces vers charmans
Dont tu viens saluer mon automne flétrie.
Si riche de parfums , si riche de couleurs ,
    Par quelle étrange modestie
A mes fleurs d'un matin peux-tu porter envie ?
    Tristes filles de mes douleurs ,
Sous un ciel nébuleux je leur donnai la vie ,
    Et je les nourris de mes pleurs.
    Je ne suis venu sur la terre
    Que pour aimer et pour souffrir.
D'être heureuse ici-bas mon âme désespère ,
    Et j'ai des maux que rien ne peut guérir.
    Dans ce pauvre cœur du poète ,
Océan sillonné de désastres d'amour ,
O toi ! qui m'apparais au déclin de mon jour ,
Viens-tu renouveler l'éternelle tempête ?

Je sens à ton aspect mes orages grandir ;

Ton regard me fait tressaillir ,

Il ressemble à l'éclair dont la nue étincelle ,

Et quand ton bel œil noir déroule sa prunelle ,

Il m'annonce un naufrage , et je le sens venir.

FIN

# TABLE DES MATIÈRES.

FLEURS D'ÉTÉ

FIN.

www.ingramcontent.com/pod-product-compliance
Lightning Source LLC
Chambersburg PA
CBHW070859030726
47504CB00005B/1390